EL TEJEDOR DE SEGOVIA

Juan Ruiz de Alarcón

HABLAN EN ELLA LAS PERSONAS SIGUIENTES.

Pedro Alonso galan.
El Conde galan.
Garceran galan.
Don Juan Cortesano.
Fineo criado.
Camacho valenton.
Cornejo valenton.
Xaramillo valenton.
Vn bastonero.
Vn vejete.
Vn Caminante.
Vn Alguazil.
Vn villano.
El Rey viejo.
El Marques viejo.
Chichon gracioso.
Teodora Dama.
Doña Ana Dama.
Florinda Criada.

ACTO PRIMERO

Salen el Conde y Fineo, y otros criados de noche.

Fin.   Esta que miras, Señor,
   es la casa.
Cond.   Humilde choça,
   para hermosura que goza
   los despojos de mi amor.
Fin.   Tu, pues a honrarla te inclinas,
   engrandeces su humildad
   y su fortuna.
Cond.   Llamad.
Fin.   En efecto determinas
   entrarla a ver?
Cond.   Si, Fineo:
   no sufre mas dilacion
   esta amorosa passion,
   en que me abrasa el desseo.
Fin.   Mira a lo que te dispones,
   siendo tu padre el priuado
   del Rey, con mas cuydado
   notan todos tus acciones.
Cond.   Consejos me das perdidos,
   quando estoy de amor tan ciego,
   que si el alma toca a fuego,
   solo tratan los sentidos
   de librarse de la llama,
   que en Etna conuierte el pecho,
   sin atender al prouecho
   a la razon ni la fama.
   Bien se el lugar de que gozo,
   y a lo que obliga essa ley:
   mas quando esto sepa el Rey,
   tambien sabe que soy moço.
   A mi padre solo toca
   el gouierno: y siendo assi

pues no soy ministro, en mi
no es tan culpable y tan loca
esta accion; que estando ciego,
por no dar que murmurar,
me obligue a no procurar
el remedio a tanto fuego.

Fin.   De vna vista te cegò?
Cond.   Tanto, que a no estar presente
en la audiencia tanta gente,
quando ella a mi padre hablò,
hiziera alli mi locura
estos excessos que ves,
y arrodillado a sus pies
adorara su hermosura.
Mucho hize, pues alli
tuue en prision mi desseo,
en confiança, Fineo,
de tu cuydado y de ti.
Mandète que la siguieras,
hizistelo, hasme informado
que aumenta su libre estado
el numero a las solteras.
Siendo assi, ni han de tener
por desigual este excesso,
ni se recela por esso
mi priuança y mi poder.

Fin.   Si, mas pudieras, señor,
pues que no es muger de suerte,
hazer que ella fuesse a verte.

Cond.   Que poco sabes de amor?
mira, en començando a amar,
a estimar tambien se empieça,
y al estimar la belleza,
se sigue el desconfiar.
En esta casa, Fineo,
vn Alcaçar miro ya;
la muger que dentro está,
es ya Reyna en mi desseo.
Apenas empeçè a amar,
quando començè a tener

por humilde mi poder,
por impossible alçancar.
Mira si podrè, Fineo,
mostrar desprecio en llamarla,
pues aun viniendo a buscarla,
pisa medroso el desseo:
llama.

Fin.   Obedecerte quiero.
Da golpes Fineo.
Cond.   Esso, Fineo, es seruir;
que el criado ha de aduertir;
mas no ha de ser consejero.
Sale Teodora a la ventana.
Teod.   Quien es?
Fin.   Vn hombre, que tiene,
bella Teodora, que hablarte.
Teod.   De que parte?
Fin.   De mi parte.
Teod.   Y quien soys?
Fin.   No me conuiene
dezirlo a vozes: Teodora
abrid la puerta, y sabreys
quien esoy.
Teod.   Perdonar podeys;
porque es impossible agora. *Vase.*
Fin.   Oye, ventanas y oydos
cerrò de vna vez.
Cond.   Fineo,
o he de lograr mi desseo,
o he de perder los sentidos.
Fin.   Pues, señor mal se concierta
estar loco y ser prudente;
entremos por fuerça.
Cond.   Tente,
que pienso que abren la puerta.
Fin.   Vn hombre sin capa es
el que sale.
Chichon con vn jarro sin capa.
Cond.   Pues, Fineo,
examinarle desseo.

Fin.   O el temor, o el interes
              le haràn dezir la verdad;
              hidalgo.
A parte.
Chich.   Triste de mi,
              la justicia estaua aqui:
              quien es?
Fin.   Quien puede, llegad.
Cond.   A donde vas?
Chich.   Yo, señor,
              voy por vino, como ves,
              para mi amo.
Cond.   Quien es?
Chich.   Pedro Alonso, vn Texedor,
              de quien yo soy aprendiz.
Cond.   Es galan de essa muger?
Chich.   O lo es, o lo quiere ser.
A parte.
Cond.   Ay hombre mas infeliz?
              di tu nombre.
Chich.   Yo me llamo Chichon.
Cond.   Vete en hora buena.
A parte.
Chich.   Pienso que ha de hazer la cena
              oy mal prouecho a mi amo. *Vase.*
Fin.   Que determinas, señor?
Cond.   Que llames, fingiendo ser
              este moço, entrar y hazer
              que se vaya el Texedor;
              y aun darle la muerte.
Fin.   O cielos, mira.
Cond.   A furia me prouoco;
              si de amor estaua loco,
              que será de amor y zelos?
              vn hombre baxo ha de hacer
              competencia a mi aficion?
Fin.   Por essa misma razon
              has de mudar parecer:
              que dize cierto entendido
              que no puede querer bien

a la muger, si tambien
no le enamora el marido.
Considera vn Texedor
muy barbado, que està agora
gozando de tu Teodora,
y perderàs el amor.
Cond.   Considera tu vn abismo
en que peno ardiente y ciego,
y veràs como mi fuego
se aumenta con esso mismo:
llama, acaba, que ya el pecho
se abrasa en loco furor.

A parte.
Fin.   O duro imperio de amor.
Llama.
Sale Teodora a la ventana.
Teod.   Quien es? *Vase.*
Fin.   Chichon, esto es hecho.
Cond.   El rostro tendrè cubierto;
tu lo puedes disponer,
sin que me dè a conocer.
Fin.   Es cordura; ya han abierto.
Reboçase el Conde.
Cond.   Entremos pues.
Salen Teodora con vn candil; Pedro Alonso en cuerpo con espada y broquel
a lo valiente.
Teod.   Ay de mi; quien es?
Fin.   No os alboroteys;
que amigos son los que veys.
Ped.   Y que pretenden aqui,
caualleros, a tal hora,
teniendo dueño esta casa?
Cond.   Ya la colera me abrasa.
A parte.
Fin.   Que dexeys sola a Teodora.
Ped.   Por Dios, hidalgos, que vienen
de mi muy mal informados:
aduiertan, si son honrados,
la poca razon que tienen.
Pues aunque me huuiera hallado

a caso aqui, me obligara,
teniendo barba en la cara,
y ciñendo espada al lado,
la ley del mundo a no hazer
semejante couardia;
pues si esta muger es mia,
y si mi esposa ha de ser,
como la puedo dexar,
sin morir primero yo?

Fin.   Y quien tambien se empeñò,
començandolo a intentar,
como con su obligacion,
desistiendo agora dello,
cumplirà?

Ped.   Rindiendo el cuello
al yugo de la razon;
pues es la hazaña mayor
vencerse a si.

A Fineo a parte.

Cond.   Que te pones
a argumentos y razones,
quando estoy loco de amor?
Hazle al punto resoluer
a que se vaya, sin dar
a mas replicas lugar.

Fin.   Pedro Alonso, esto ha de ser.

Ped.   No ha de ser.

Fin.   Solo pudiera
responder assi vn señor,
mas no vn baxo Texedor.

Ped.   Y solamente pidiera,
lo que aqui aueys intentado
tan contra razon y ley,
quien fuera vn tyrano Rey,
o vn muy gran desuergonçado.

Fin.   Villano.

Teod.   Triste de mi:
tened por Dios, escuchad.

Ped.   Vive Dios.

A parte.

Cond.   Mi autoridad
    es ya menester aqui:
Descubrese el Conde.
    Pedro Alonso, deteneos,
    que estoy aqui yo.
Ped.   Es el Conde?
Cond.   El Conde soy.
Ped.   Corresponde
    a los heroycos trofeos
    de vuestra sangre esta hazaña?
Cond.   Basta, atreuido; que es esto?
    a mi me hablays descompuesto?
    que confiança os engaña?
    ydos al punto.
Ped.   Señor.
Cond.   Ydos, villano; acabad.
Ped.   Tratadme bien, y mirad
    que soy, aunque Texedor,
    tan bueno.
Dale el Conde vn bofeton.
Cond.   Que atreuimiento!
    esso me dezis a mi?
    matalde.
Teod.   Ay cielo.
Ped.   Hasta aqui
    ha llegado el sufrimiento.
Sacan las espadas.
Teod.   Ay muger mas desdichada?
Cond.   Muera.
Acuchillanse.
Ped.   Presto aueys de ver
    que no gouierna el poder,
    sino el coraçon, la espada.
Vanse ellos.
Dentro vn criado.
Criad.   Muerto soy.
Teod.   Triste, que harè?
Chichon con el jarro.
Chich.   Teodora, que confusion
    y ruydo es este?

Teod.	Chichon,
	mi desdicha sola fue,
	la que ha podido causallo;
	lleuame al punto de aqui,
	que ay gran mal.
Chi.	Luego lo vi;
	mas no pude remediallo:
	adonde te he de lleuar?
Teod.	A casa de algun amigo,
	donde el rigor y el castigo
	del Conde pueda euitar.
Chich.	No se adonde; porque es cosa
	de gran peligro poner
	la moça en otra poder;
	y el verte a ti tan hermosa
	me dà mil desconfianças;
	que estando a solas contigo,
	no ay amigo para amigo,
	las cañas se bueluen lanças;
	mas Embaxador me llamo.
Teod.	Bien dizes.
Chich.	Alli segura
	la desdicha, o la ventura
	aguardaràs de mi amo.
Teod.	Vamos.
Chich.	Bien ayan, amen,
	los primeros inuentores
	de casas de Embaxadores
	para vellacos del bien. *Vanse.*

Salen Garceran preso y don Iuan.

D. Iu.	Digo, que a mi parecer
	la verdadera ocasion
	que os tiene en esta prision,
	no es la que os dan a entender?
	Causa tiene superior,
	y para encubrilla, dan
	al agrauio, Garceran,
	que os hazen, esta color.
Gar.	Ay de mi; que bien lo entiendo,
	bien se, triste, que Clariana

        es la causa soberana
        del mal que estoy padeciendo.
        Bien se que en tenerme aqui,
        es el intento matarme;
        porque siendo quien soy, darme
        la carcel publica a mi
        por prision; no se me esconde,
        que es rigor, furia y vengança.
D. Iu.   De su padre la priuanca
        da tanta soberuia al Conde;
        que sus zelosos enojos
        quiere vengar como agrauios.
Gar.   Hallè hechizos en los labios,
        hallè encantos en los ojos
        de aquella aldeana bella,
        injuria del sol, robòme
        el alma, don Iuan, hallòme
        el Conde hablando con ella,
        sus zelos y su aficion
        dissimulo; mas al punto
        le vi en el color difunto
        de la cara el coraçon:
        y quiere dar fin aqui
        a sus zelos con mi vida,
        bien lograda, si perdida,
        bella Clariana por ti.
D. Iu.   Garceran, essa fineza
        es de cauallero andante:
        lo preciso y lo importante
        es mirar por la cabeça.
Gar.   Como?
D. Iu.   Buscando algun modo,
        con esta borrasca, huyendo,
        euiteys, que al fin viuiendo
        se vence y se alcança todo.
*Salen por otra parte Pedro con grillos, y ganfiones en los pulgares, y
Chichon.*
Ped.   Sientelo mucho Teodora?
Chich.   De suerte, que a ser de vino
        sus lagrymas, diera a basto

a todos los retraydos.
Ped.   Mal aya su pretension,
y mal ayan los seruicios
de su padre, que la hizieron
hablar para daño mio
al Marques; que alli el amor
del Conde tuuo principio.
Chich.   Da en dezir que quiere hablar
por ti al Conde.
Ped.   Tal ha dicho?
quiere comprar con mi ofensa
la gracia de mi enemigo?
Darele mil puñaladas,
viue el cielo, si aueriguo
que otra vez toma en la boca
su nombre.
Chich.   Tienes juyzio?
quando te ves con ganfiones
las manos, los pies con grillos,
echas retos?
Ped.   Luego tu
por ventura has entendido
que he de estar preso mañana?
Chich.   Antes, señor, imagino
que saldras libre a dar higas
a todos tus enemigos;
mas daràslas con la lengua
hecho en el ayre razimo.
Ped.   Calla, necio; traeme tu
dos cordeles y vn martillo,
que en casa del Embaxador
he de amanecer contigo.
Chich.   Como?
Ped.   No preguntes como;
traeme luego lo que pido,
Chichon, y no me repliques.
Chich.   Voy por ello, y no replico.
Vase.

Gar.   Esto me importa.
D. Iu.   La vida

          arriesgarè por seruiros,
          pues dizen que la prision
          es toque de los amigos. *Vase.*
Ped.   Señor Garceran.
Gar.   Que es esto
          Pedro Alonso? que delito
          tan graue hizistes, que estays
          con ganfiones y con grillos?
Ped.   No se lo ha dicho la fama?
Gar.   No.
Ped.   Pues anoche me hizo
          cierto señor vn agrauio.
          con la ventaja atreuido
          de tres que le acompañauan;
          mas mi buena suerte quiso
          que dando muerte a los dos,
          començasse su castigo:
          y si el socorro les tarda,
          hago en los demas lo mismo:
          llouiò luego sobre mi
          mas justicia, que granizo
          el Noto elado dispara
          en el abrasado estio,
          prendieronme, y sepultaron
          mis pies en doblados grillos.
          Pidieronme la patente
          en su acostumbrado estylo
          los presos aualentados
          con priuilegio de antiguos,
          mas yo con el remanente
          del passado furor mio,
          con vn mastil visitè
          los sesos a quatro o cinco,
          hasta que los bastoneros
          acudieron al ruydo,
          y echandome estas prisiones,
          cessaron mis desatinos.
Gar.   Caso estraño.
Ped.   No se espante;
          que vn hombre honrado ofendido

es vn toro agarrochado,
que en las capas vengatiuo
los rigores executa
que en sus dueños no ha podido:
pero, señor Garceran,
està vusted de peligro?
es mortal la enfermedad,
que a este sepulchro de viuos
le ha traydo?

Gar.   Ya la vida,
segun son los males mios,
porque muera muchas vezes,
me conserua mi destino.

Ped.   Pues no se aflija; que yo,
si vusted quiere, me obligo
a ponelle en libertad,
antes que en blando rocio
bañe los campos el alua.

Gar.   Burlays os?
Ped.   Esto que digo,
cumplirè; su voluntad
me diga; y a cargo mio
dexe lo demas.

Gar.   Dareys
la libertad a vn cautiuo,
la vida a vn muerto.

Ped.   Pues calle,
y esta noche preuenido
me aguarde en la enfermeria.

Gar.   Vuestro serà mi aluedrio
y mi vida, si de vos,
como dezis, la recibo;
y de mi podeys creer
que hiziera por vos lo mismo;
que me deueys aficion,
despues que os vi; porque miro
en vuestro rostro vna imagen
trasunto y retrato viuo
de aquel infeliz Fernando
Ramirez, que los dos fuymos

los amigos mas estrechos,
que han celebrado los siglos.

A parte.
Ped.   Quien pudiera declararte
secretos tan escondidos?
mas el secreto es forçoso,
donde es tan grande el peligro:
no es, el que en Madrid hallaron
muerto a puñaladas, hijo
del noble Beltran Ramirez,
el que en publico suplicio
muriò condenado, siendo
de Madrid Alcayde?
Gar.   El mismo.
Ped.   Dios descubra la verdad;
que la fama siempre ha dicho
que dieron muerte al Alcayde
inuidias, y no delitos.
Gar.   Defendiendo essa verdad,
a dar la vida me obligo.
Ped.   Soys noble, y creed que en mi,
si son mis hados propicios,
no echeys menos a Fernando,
si me quereys por amigo.
Gar.   Dello os doy palabra y mano.
Ped.   Yo como deuo lo estimo.
Salen por otra parte Camacho, Cornejo, y Xaramillo presos.
Cam.   Pues Pro Alonso lo dize,
y es su valor conocido
el saldrà con lo que intenta.
Corn.   Camacho, lo mesmo digo.
Xar.   Mas vale salto de mata,
que rogar a estos ministros
del infierno; el està aqui.
Cam.   Hablemosle, Pedro amigo.
Ped.   O Camacho.
Cam.   Ya he tratado
con Comejo y Xaramillo,
por quien se gouiernan todos
los brauos, vuestro designio:

mas de veynte estan dispuestos
a ayudaros y seguiros.
Ped.   Pues libertad, camaradas,
que ayuda a los atreuidos
la fortuna; redimamos
el peligro con peligro,
que no han de estar tantos hombres
sujetos a dos puntillos
de vna pluma, que cortando
los vientos, ensayos hizo
para cortar de las vidas,
como la Parca, los hilos.
Cam.   Lo mismo dezimos todos.
Ped.   Solo me falta aduertiros
que busquen modo esta noche,
los que quieran conseguirlo,
de estar en la enfermeria.
Cam.   Para los presos antiguos
no es dificil, porque tienen
oficiales conocidos.
Corn.   Y los demas con achaque
de velar a Alonso Pinto,
que està muriendose, pueden
facilmente conseguirlo.
Ped.   Tracelo al fin cada qual;
que yo, puesto que imagino
que es impossible, conforme
acriminan mis delitos,
que fuera del calaboço
me dexen essos ministros;
sino ay precisa ocasion;
con la traga que fabrico,
lo alcançarè; tiene alguno
de vosotros vn cuchillo?
Saca vn cuchillo Camacho.
Cam.   Yo le tengo; veysle aqui.
Ped.   Pues en la cabeça, amigo,
me dad vna cuchillada:
y fingiendo que he caydo
desta escalera, mi intento

con esse medio consigo,
pues luego en la enfermeria
me han de poner.
Cam.   Peregrino,
aunque cruel, es el medio.
Ped.   Antes piadoso, si cuito
con el de vn fiero verdugo
el inhumano suplicio;
acabad, que el golpe espero.
Dale vn golpe con el cuchillo en la cabeça, y Pedro dà dentro del vestuario
vn golpe con el cuerpo como que cae.
Cam.   Con vos agora exercito,
para escusar mayor daño,
de Cirujano el oficio.
Ped.   Valgame el cielo. *Vase.*
Sale vn Bastonero.
Basto.   Que es esso?
Cam.   Pedro Alonso, que ha caydo
de essa escalera; mal ayan
tantos ganfiones y grillos.
Xara.   Mejor es matar vn hombre.
Corn.   La cabeça se ha rompido.
Basto.   Lleuenlo a la enfermeria. *Vase.*
A parte.
Gar.   Mas valor tiene escondido,
que de un Texedor se espera,
este hombre; y a no auer visto
mis ojos muerto a Fernando,
afirmara que es el mismo.
Cor.   Demonio es el Texedor.
Cam.   Tragola el señor ministro. *Vanse.*
Salen el Conde, y Fineo.
Fin.   Gran escandalo ha causado
en Segouia este sucesso;
y es sin duda que auer preso
al Texedor te ha dañado.
Cond.   Ni yo lo pude estoruar,
sin darme alli a conocer,
ni los zelos saben ser
hidalgos en perdonar.

Demas que es tan arrojado,
tan valiente y atreuido,
que libre y de mi ofendido
me pudiera dar cuydado.
Mejor està a toda ley,
donde pague su locura,
que si el pueblo me murmura,
como no lo sepa el Rey,
no importa, y su Magestad,
como sabes, no dà Audiencia
a nadie sin mi presencia;
y el amor y voluntad,
que me tiene, me asseguran
de los que a su lado estan,
pues solo gusto le dan,
los que darme le procuran;
fuera de que el Texedor,
que conoce mi poder,
se ha de enfrenar y temer
de la justicia el rigor;
si declara que el azero
osò contra mi empuñar,
pues esto le ha de dañar,
mas que el homicidio fiero
que cometiò.

Fin.   Caso es llano.
Cond.   Como està Claudio?
Fin.   La herida
ha abierto puerta a la vida,
sino yerra el Cirujano.
Cond.   Triste del.
Fin.   Triste de Arnesto,
que sin confession pagò
pena que no mereciò;
mas dime, señor, con esto
hase aplacado el ardor
del solicito desseo
de Teodora?
Cond.   No, Fineo,
que no es tan cuerdo mi amor;

yo la he gozar, o el llanto
me ha de matar, segun peno;
la flecha traxo veneno,
pues de vna vez pudo tanto.

Fin.   Y Clariana que diria,
si esto supiesse?

Cond.   De amor
es incentiuo el temor,
la seguridad lo enfria,
en nueua aficion me enciendo;
y no ay amor que possea,
que no trueque al que dessea,
el bien que està posseyendo.

Fin.   Pues sino sientes perdella,
porque en Garceran, señor
te vengas con tal rigor
de hallarle hablando con ella?

Cond.   Essa ha sido obligacion,
sino de amante, de honrado,
que en amar a quien he amado,
ofendiò mi estimacion.
Demas que entonces Clariana
era toda mi alegria,
que de Teodora aun no auia
visto la luz soberana.
Mas mi padre viene aqui,
parte al punto, y con recato
sabe de aquel dueño ingrato
a quien el alma rendi;
no bueluas, sin saber donde
se oculta el bien por quien muero.

Fin.   Hallarla, señor, espero,
si el mismo centro la esconde.

Vase.
Sale el Marques.
Marq.   Conde.
Cond.   Señor.
Marq.   Vos sabeys que soys señor?
Cond.   Se alomenos
que vos lo soys, y que soy

vuestro hijo y heredero.

Marq.   Pues no, no està en heredarlo,
sino en obrar bien, el serlo,
que desto solo resulta
la estimacion, o el desprecio.
Los señores son Iuezes,
y los Iuezes nacieron
para deshacer agrauios,
Conde, que no para hazerlos.
Que piensan vuestras locuras?
que esperan vuestros excessos,
sino que todos os pierdan
con justa causa el respeto?
Por vna muger humilde
con hombre, que tanto menos
vale que vos, la opinion
y vida poneys a riesgo?
Allà en hora mala, allà
con los Moros de Toledo,
que contra Segouia intentan
passar el neuado puerto,
mostrad essos fuertes brios;
que quien tiene noble el pecho,
por su honor, por Dios, y el Rey,
solo empuña el blanco azoro.
Sabeys que el alto lugar,
que os ha dado el que yo tengo,
con el Rey, està a la embidia,
y a la emulacion sujeto?
Sabeys acaso que basta
a la priuança vn cabello
para tropeçar? sabeys
que entropeçando, es muy cierto
el caer, pues el priuado
es arbol, a quien derecho
las ramas que le rodean,
son adornos lisongeros,
y en començando a caer,
las mismas que pompas fueron,
son todas peso, que ayudan

a derribarlo mas presto?
no os lo estan diziendo a vozes
mil historias, mil exemplos?
no vistes vos a Beltran
Ramirez mandar el Reyno,
y de la embidia despues
en vn teatro funesto
los rayos de su priuança
en humo leue resueltos?
Pues que confiança necia
os dà loco atreuimiento
para irritar con agrauios
justas venganças del pueblo?
Està el otro con su dama,
y vos ayrado y soberuio,
tras querersela quitar,
le afrentays? pluguiera al cielo,
que como su injusto agrauio
vengò en dos criados vuestros,
diera en vuestra misma vida
el riguroso escarmiento.
Cond.   Señor.
Marq.   No me deys disculpas,
emendad vuestros excessos;
o por la vida del Rey,
sino lo hazeys, de poneros
en vn castillo, de donde
no salgays, hasta que el tiempo
cubriendoos de nieue el rostro,
os tiemple el ardor del pecho. *Vase.*
A parte.
Con.   Con vn loco en vano son
amenaças ni consejos,
mientras no me restituyas,
hermosa Teodora el seso. *Vase.*
Salen todos los presos con luz, y Pedro con vn martillo, y cordeles en la pretina.
Ped.   Agora, amigos, que ocupa
la noche en profundo sueño
nuestros contrarios, despierten

el valor nuestros intentos;
ay quien se atreua a romper
estos ganfiones? Cornejo,
Camacho, prouad las fuerças.

Haze fuerça Camacho para romper los ganfiones.

Cam.   Romper el templado hierro
con la fuerça de las manos,
Pedro Alonso, es vano intento.

Ped.   Que no quisiesse el Alcayde,
viendome herido y enfermo,
aliuiarme las prisiones!

Cam.   A vn muerto le dareys miedo.

Prueua Cornejo.

Corn.   Lo mismo es batir con balas
de cera, muros de azoro.

Cam.   Pues querer romperlo a golpes
es malograr el desseo,
que es forçoso que al ruydo
despierten los bastoneros.

Ped.   Pese a mi, si tengo dientes,
porque busco otro remedio?
dos dedos han de estoruar
que se libre todo el cuerpo?

Muerdese los pulgares, y arroja dos vexiguillas de sangre, y saca las manos,
y saca vn lienço, y rompelo, y atase los dedos.

Gar.   Que aueys hecho?

Cam.   Hase arrancado
los dos vltimos artejos
de los pulgares.

Gar.   En vos
otro Scebola contemplo;
mas los grillos?

Ped.   En los pies
no importa el impedimento,
que como yo pueda vsar
de las manos, no estoy preso;
dadme vn cuchillo.

Dale vn cuchillo.

Cam.   Tomad.

Ped.   Quien de la hazaña que emprendo,

desistiere, se imagine
con este a mis manos muerto.
Cam.   Todos quieren ayudaros,
seguiros, y obedeceros.
  Ped.   Pues, amigos, leuantad
de las camas los enfermos,
que poniendo vnas en otras,
hemos de llegar al techo.
Y rompiendole vna tabla
con este martillo, haremos
puerta, con que todos gozen
libres de prision el cielo.
Y estos cordeles despues
seran escalas del viento,
para baxar a la calle.
Gar.   Comencemos pues.
Ped.   Enfermo
no ha de quedar, aunque este
oleado ya, que dello
pueda hazer la relacion;
salga viuo, o quede muerto,
quien no pudiere seguirnos.
Gar.   Noche, ayude tu silencio
contra injustas tyranias
tan justos atreuimientos. *Vanse.*
Salen Fineo, y Chichon.
Fin.   Los que a su prouecho estan
atentos, solo han de ser
lisongeros del poder,
viua quien vence, es refran.
El Conde mi dueño, amigo,
pierde por Teodora el seso,
ya lo sabes, y por esso
hablo tan claro contigo.
Ayer pusimos espias
en la carcel, que te vieron
con Pedro Alonso, y siguieron
tus passos, quando venias
a casa del Embaxador,
de que colegi que esconde

esta casa el sol, que al Conde
tiene abrasado de amor.
Ayudame a conquistar
la voluntad de Teodora,
y porque la clara Aurora
al mundo comiença a dar
luzes ya, si lo has de hazer,
llamala al punto, que quiero
hablalla, Chichon, primero,
que nadie lo pueda ver.
Y porque a obligarte empiece,

Dale vna cadena.

esta cadena te dè
señal de amor y fe,
que el Conde por mi te ofrece.

Chich.   Por cierto que has predicado
tan eficaz, que imagino,
que si te oyera Caluino,
huuiera su error dexado.
Y el epilogo en vn toro,
en vn tigre hiziera efeto,
pues cerrò como discreto
la oracion con llaue de oro.
De tu palabra me fio,
y del valor y el poder
de tu dueño, para hazer
tal deslealtad contra el mio.
Mas pues oy ha de morir,
yo por no serle infiel,
aqui me despido del,
y al Conde empieço a seruir.

Fin.   Y yo en su nombre, Chichon,
te recibo, que del tengo,
en orden a lo que vengo,
tan amplia la comission;
que lo que yo hiziere, dà
por hecho.

Chich.   Llamemos pues
a este aposento que ves,
que en el aguardando està

Teodora del Texedor
los sucessos desdichados.

Sale Teodora a medio vestir.

Teod.   Quien està aqui?
Chich.   Dos criados
son del Conde mi señor.
Teod.   Es Chichon?
Chich.   Mi presuncion
a Chichon no te responde,
que despues que siruo al Conde,
me llamo ya don Chichon.
Teo.   Al Conde sirues?
Chich.   Teodora,
a ti deuo esta ventura,
tercero fue tu hermosura,
porque yo lo fuesse agora.
Si te admiras desto, fia
que no soy solo, al que ha dado,
para volar a priuado,
plumas la alcahueteria.
El Conde al fin mi señor,
que ciegamente te adora,
quiere hazerte gran señora,
de dama de vn Texedor:
Pedro Alonso ha de ser oy
despojo vil de vn verdugo.

Todos los presos.

Ped.   Gracias a Dios, que le plugo
librarnos.

A parte.

Chich.   Perdido soy,
que es Pedro; y si me ha escuchado,
me mata, infeliz Chichon;
heme aqui quitado el don,
y buelto al primer estado.
Teod.   Es possible que te veo
libre ya?
Ped.   Teodora, si.

A parte.

Fin.   En gran riesgo estoy aqui. *Vase.*

Teod.   Yo te abrago, y no lo creo.
Ped.   Amigos, ya que ha querido
con piedad tan generosa
el cielo, que a los intentos
los efetos correspondan,
conuiene que consultemos
y resoluamos agora
el modo de conseruarnos
en la libertad preciosa.
Y aunque nos parezca estar
seguros aqui, pues gozan
las casas de Embaxadores
exempciones tan notorias;
suelen por razon de Estado,
ellos mismos dar permisso
de que estos fueros les rompan;
y mas siendo mi contrario
del Rey la priuança toda,
a quien el Embaxador
harà mayores lisonjas.
Por esto pues, y por ver
que es vna especie penosa
de prision el retraymiento,
pues la libertad estorua;
me parece que partamos
todos juntos de Segouia,
a donde nuestra hazañas
den materia a las historias.
Muchos somos, y seran
muchos mas, los que por horas
medrosos de sus delitos
a seguirnos se dispongan.
De los vezinos lugares,
o por fuerça, o por mañosa
industria, los delinquentes
sacaremos que aprisionan.
Y de todos formaremos
vn exercito, que ponga
temor a enemigos huestes,
seguridad a las proprias;

y ocupando a essa montaña
la aspereza peñascosa,
nos daràn muros y torres
sus inexpugnables rocas.
Saltearemos caminantes,
y las poblaciones cortas
saquearemos de dineros,
de bastimentos y joyas;
los agrauiados podran
vengarse, que es cierta cosa
que el tiempo darà ocasiones,
y la ventaja vitorias.
Cam. Yo soy de esse parecer.
Corn. Quien ay que no se disponga
a seguiros?
Xara. Todos juntos
en lo mismo se conforman.

A parte.
Chich. Bueno es esto; vine Dios
que quieren echar la soga
tras el caldero; Chichon,
por aqui van a la horca.
Ped. Y vos, señor Garceran,
que dezis?
Gar. Que a mi me importa
proseguir otros designios,
porque no soy dueño agora
de mi libertad; que viue
presa en la cadena hermosa
del gusto de vna muger.
Y pues del amor no ignora
vuestro pecho el duro imperio,
no dudo yo que conozca
que es esta bastante causa.
Pero ya que mi persona
no os siga, creed que el alma,
que se os confiessa deudora
desta vida, eternamente
su obligacion reconozca,
y que si puede, algun tiempo

os lo muestre con las obras.
Ped. De vuestra sangre lo fio.
Gar. Vuestras manos valerosas
alcancen tanta ventura,
quanto valor las informa. *Vase.*
Chich. Yo, señor, que a nadie he muerto,
y me hallo bien en Segouia,
y entrè contigo a aprender
de tus manos texedoras
a gouernar lançaderas,
y no lanças: quiero agora
hazer cuenta; tu me has dado
tres ducados, que esto montan
tres meses que te he seruido:
hete quebrado vna holla,
dos platos, y vn orinal;
para esto compre a mi costa
los cordeles, y el martillo.
Ped. Traydor.
Chich. El furor reporta.
Huye al paño.
Cam. A la calle saliò huyendo.
Chich. Aqui soys muchos; si a solas
quieres reñir, en la plaga
te aguardo junto a la horca. *Vase.*
Cam. Segura estacada escoge.
Ped. Tratemos de lo que importa,
elijamos Capitan,
a quien todos reconozcan,
que sin cabeça no ay orden;
y sin orden es forçosa
la confusion y ruyna,
segun muestran las historias.
Cam. Quien, sino vos, lo ha de ser?
Corn. Quien puede auer, que se oponga
a vuestro valor?
Xara. Ya todos
por su Capitan os nombran.
Ped. Pues todos sobre esta cruz
Hazela con los dedos.

la derecha mano pongan,
y juren que me seràn,
pena de muerte afrentosa,
obedientes y leales.

Ponen las manos sobre la cruz.

Todos.   Si juramos.
Ped.   Falta agora
que busquemos arcabuzes,
espadas, broqueles, cotas,
preuengase cada qual,
como pueda; tu, Teodora,
que dizes desto?
Teod.   Que irè
a las partes mas remotas
a tu lado, obscureciendo
la fama a las Amazonas.
Ped.   O exemplo de la firmeza,
y de las mugeres honra,
como me cuestas me pagas;
y yo, si tu cara hermosa
me acompaña, me prometo
de todo el mundo vitoria;
amigos, a preueniros,
que no ha de alumbrar la Aurora
otra vez, sin que pisemos
de Guadarrama las rocas.
Cam.   Vamos.
Todos.   Vamos.
Ped.   Yo harè presto
que tu y el mundo conozca,
Conde enemigo, el valor
del Texedor de Segouia.

ACTO SEGVNDO

Salen Pedro, Camacho, Cornejo, Xaramillo, Teodora, todos los bandoleros, con medias mascaras en las manos.

Cam.   Ya, famoso Capitan,
son ochenta hombres valientes,
y armados, los que obedientes
a tu fuerte mano estan.

Corn.   Vn exercito luzido
ha de ser tu compañia,
segun crece cada dia;
porque no ha de auer bandido,
agrauiado, o mal hechor,
que de seguirte no trate,
y mas cuando se dilate
la fama de tu valor.

Ped.   Si quantos son delinquentes
me eligen por Capitan,
en numero excederàn
a las de Ciro mis gentes.
Pero, amigos, aduertid
que en la guerra es vencedor
mas el orden que el valor,
mas que la fuerça el ardid.
Y assi supuesto que es cierto,
que si publica la fama
que ocupan de Guadarrama
tantos soldados el puerto,
el Rey ha de preuenir
por prendemos tanta gente,
que a su exercito valiente
no podamos resistir.
Me parece que ocupeys
toda la sierra esparzidos,
en esquadras diuididos,
cinco a cinco, y seys a seys.
Distantes en proporcion
que vnos a otros oyays,

porque ayudaros podays,
si lo pide la ocasion.
De suerte que en qualquier lance
solos parezcan aquellos
que basten, a que con ellos
lo que se emprenda se alcance.
Que demas que es importante
para que senda, o vereda
no quede, por donde pueda
escaparse vn caminante:
mientras se entiendan que son
pocos los nuestros, ni haran
caso dello, ni pondran
cuydado en nuestra prision.

Cam.   Està bien considerado.
Ped.   En la sierra demas desto
hemos de elegir vn puesto
de nadie jamas pisado,
donde reparos formeys
contra la nieue y el viento,
y a comun alojamiento
todos de noche os junteys.
Las mugeres alli ocultas
del regalo cuydaràn
de todos, y alli se haràn,
como importa las consultas.

Cam.   Aguardad, que viene alli
vn caminante.
Ped.   Pues dos
salgan, Camacho con vos
al camino, y traelde aqui.
Cam.   Vamos los tres.

Vanse Camacho, Cornejo, Xaramillo.

Ped.   Los demas
se retiren; tu, Teodora,
hallaste bien salteadora?
pero acostumbrada estàs
a presas de mas valor;
preguntaselo a tus ojos,
a quien rinde por despojos

almas y vidas amor.
Teod.   Mi firme fe has agrauiado,
mi bien, con pregunta ygual;
que no se me atreue el mal,
mientras gozo de tu lado.
Ponense las mascaras todos, sale Camacho.
Alg.   Quitadme, si soys humanos,
la hazienda, mas no la vida;
aduertid que la crueldad
infama la valentia.
Salen Cornejo, Xaramillo, y vn Alguazil de camino.
Cam.   Ande, y calle.
Ped.   Di, quien eres?
Alg.   Alguazil por mi desdicha.
A parte.
Cam.   Pues tus manos me prendieron,
mejor diràs por la mia;
pero viue Dios, que agora
ha llegado tu visita.
Ped.   Que ay en la Corte de nueuo?
Alg.   Solo agora se platica
del Texedor Pedro Alonso.
Ped.   Que dizen del?
Alg.   Mil mentiras,
que en vna verdad embueltas
la fama las acredita.
Ped.   El es vn gran delinquente.
Alg.   Ni las edades antiguas,
ni las presentes han visto
mayor vellaco en Castilla.
Cor.   La hoguera en que ha de abrasarse,
su misma lengua fabrica.
Ped.   Tratan de prendello? haze
diligencias la justicia?
Alg.   Dos mil ducados promete,
a quien entregare viua
su persona.
Ped.   Es vano intento,
que yo he tenido noticia,
que a ampararse de los Moros

ha passado a Andaluzia;
sino hazen mas preuenciones,
segura tiene la vida.

Alg.   Dan agora mas cuydado
las banderas Berberiscas,
que en Toledo se aperciben,
para hazer guerra a Castilla.

Ped.   Y tu agora a que lugar,
y a que negocio caminas?

Algua   A informarme con secreto,
si Garceran de Molina
està escondido en Madrid,
el Conde don Iuan me embia.

Ped.   Que dinero lleuas?

Alg.   Poco.

Ped.   Pues no has hurtado estos dias?

Alg.   Anda muy corto el oficio,
que està la Corte perdida,
solo delinquen los pobres,
no peca la gente rica,
que la corrige y ajusta,
no la virtud, la auaricia.
Por no arriesgar el dinero,
no ay agrauio que riña;
en los pleytos se conciertan,
en las mugeres varian.
Y si hallamos con su dama
alguno por su desdicha,
por no incurrir en la pena,
antes muere que reincida.
Decimas nunca se logran,
que si alguno determina
executar, luego ay ruegos,
conciertos y tercerias.
Y al fin las mas simples aues
viuen ya con tal malicia,
que son los que menos caçan,
los paxaros de rapiña.

Ped.   Pues yo he de ganar perdones,
con quitarte lo que quitas:

no ocultes solo vn real,
que te costarà la vida.
Da lo que dize.
Alg.   En este pequeño bolso
esta cadena y sortija
os doy todo quanto lleuo.
Corn.   Venga la capa y ropilla
presto.
Desnudase.
Alg.   De muy buena gana.
Cam.   Y despues dello la vida.
Vale a dar vna puñalada.
Ped.   No le mates.
Cam.   Este fue
la ocasion de mis desdichas,
que el me prendio.
Ped.   Si su oficio
exerciò como justicia,
ni te hizo agrauio en prenderte,
ni con razon le castigas.
Cam.   No basta ser Alguazil?
Ped.   No basta; antes me fastidian
los que de oficio aborrecen
a los ministros: por dicha
no ha de auerlos? no han de ser
hombres? acaso querias
que no aya algunos que prendan,
donde ay tantos que delinquan?
Si los basta a malquistar
el oficio que administran,
que informacion en su abono
pretendes mas conocida,
que conseruarse entre tantos
enemigos, quien tendria
de la culpa mas venial
mil mortales Coronistas?
vete, amigo.
Cam.   Solo quiero
que cortarle me permitas
vna oreja.

Ped.   Ni vn cabello;
              en hazañas mas altiuas
              ha de emplear el valor,
              quien anda en mi compañia.
Cam.   Basta que lo quieras tu.
Alg.   Los años del Fenix viuas:
              pero ya que la piedad
              tan noblemente exercitas,
              dame solo con que coma
              de aqui a Madrid.
Cam.   Pues la vida
              le dexamos, parta luego,
              sin pedir mas demasias:
              essa vara de virtud

Dale la vara.

              su necessidad redima;
              que quien le dexa las vñas,
              no le quita la comida.

Vase el Alguazil.
Sale vna villana cantando.
Vil.   La muger flaca y vieja
              con muchos huessos,
              es vn juego de bolos
              en su talego.
Cam.   Tente, villano.
Vil.   Si tengo, mas no tengo.
Ped.   Assi estaràs
              mas seguro; a donde vas?
Vil.   De ver a vna hermana vengo,
              que en Guadarrama fue nouia,
              y bueluome a mi lugar.
Ped.   De donde eres?
Vil.   Del Villar,
              aldea que de Segouia
              està dos leguas al pie
              de esta sierra.
Ped.   Ay en tu aldea
              alguien que estimado sea
              por rico?
Vil.   Señor, no se

que estimen ningun borrico
mas que el de Bras Chaparron,
porque es brauo garañon.

Ped.   No digo, sino hombre rico.

Vil.   Hombre rico? en vna aldea
que riqueza puede auer?
soldemente vna muger,
en cuya aficion se emprea
todo polido çagal,
por su aliño y hermosura,
en el lugar se murmura
que tiene mucho caudal
de joyas.

Cam.   Y essa villana es casada?

Vil.   Señor, ella,
ella dize que es donzella.

Cam.   Como es su nombre?

Vil.   Clariana.

Ped.   Con quien viue?

Vil.   Soldemente
la acompaña vna criada.

Cam.   Esta es presa acomodada,
para que mi gusto aumente:
robemos esta muger,
Capitan.

Ped.   Pues ya la quieres?

Cam.   Donde faltan las mugeres,
que regalo puede auer?

Ped.   Dizes bien.

Cam.   Este villano
seruir nos podrà de guia.

Ped.   Ya esconde el Autor del dia
en el humedo Oceano
su hermoso luziente coche:
partiendo luego llegamos
a tiempo que nos valgamos
del silencio de la noche.

Cam.   Vamos.

Ped.   Villano, guiad a vuestra aldea.

Vil.   Esta vez,

Clariana, tu donzella
tien de dezir la verdad. *Vanse.*
Salen el Conde y Fineo.
Cond.   Assi he traçado, Fineo,
el remedio de mi daño.
Fin.   Con que rigor tan estraño
te aflija vn loco deseo?
Cond.   No se que hechizo beui
por los ojos tan violento;
que del todo en vn momento
quedè por ella sin mi.
Yo estoy al fin sin remedio;
y tal me llego a sentir;
que entre gozalla, o morir
es impossible dar medio.
Fin.   Hagase pues lo que ordenas.
Vase.
Cond.   Entre Chichon, y engañemos,
puesto que no la alcancemos,
con la esperança mis penas.

Sale Chichon.
Chich.   A jurar de tu criado
vengo con tal presuncion,
que temo que este Chichon
ha de rebentar de hinchado.
Cond.   A recebirte me obliga,
ver que me tienes amor:
de donde eres?
Chich.   Yo, señor,
soy natural de barriga.
Cond.   Pues ay lugar de esse nombre?
Chich.   Que ignorante dello estès
me admira; barriga es
la primera patria del hombre,
della se etymologiza
mi nombre; y el caso fue;
que Mencia (en gloria estè)
siendo donzella castiza,
dio vn tropeçon, y fue tal
la cayda, que aunque dio

sobre vn colchon, le quedò
en el vientre vn Cardenal.
Creciò despues la hinchaçon;
y a quien saber pretendia
la ocasion, le respondia
Mencia que era vn Chichon.
En efeto me pariò;
y la vezindad con esto,
viendola sana tan presto,
y que el Chichon era yo.
Con risa y murmuracion,
apuntandome, dezia;
helo el Chichon de Mencia,
y quedoseme Chichon.
Cond.   Donayre tiene.
Chich.   Señor,
oy empieço a ser feliz,
pues que salgo de aprendiz,
y aprendiz de vn Texedor,
que el alma tengo cansada,
de estar por corto interes
siempre con manos y pies
baylando la rastreada.
Cond.   Sabes ya, pues te dispones
a seruir, a que te obligas?
Chich.   A mal premiadas fatigas,
y a mal pagadas raciones;
a andar fino y puntual
vn mes o dos, y passados,
como los demas criados
dezir de ti mucho mal.
Cond.   Yo se que tu no lo haràs,
que mi priuado has de ser.
Chich.   Que partes me han de poner
en el lugar que me dàs.
Cond.   Mi aficion te lo promete.
Chich.   Priuado sin merecello?
señores, del pie al cabello
me tengan por alcahuete,
pues Teodora ya ha volado.

Cond.   Esse fue vn liuiano antojo,
de quien ya me causa enojo
la memoria, y no cuydado;
en caso mas graue agota
tu ingenio me ha de valer.
Chich.   Manda pues,
Cond.   Tu has de prender
al Texedor y a Teodora.
Chi.   Guarda la gamba.
Cond.   En la sierra
con otros facinorosos
son salteadores famosos,
y atemorizan la tierra.
Chich.   Yo he de prenderlos?
Cond.   Dos mil
ducados Segouia da,
y el Rey por mi te darà
vna vara de Alguazil;
que a su Magestad assi
haràs, Chichon, gran seruicio,
al Reyno vn gran beneficio,
y vna gran lisonja a mi.
Chich.   Si la fama te ha informado
a caso que soy valiente,
por Dios que la fama miente,
que soy muy considerado.
Que aya quien riña, teniendo
vn gaznate, vn coraçon,
quatro lagartos, que son
tan delicados, que en viendo
el mas meñique agujero
en qualquier dellos la vida,
a las veynte por la herida
dexa el triste cuerpo guero?
Pues luego es fuerte la malla
del pellejo; aqui me acabo
de acouardar, con vn nabo
puede el mas flaco passalla.
Cond.   Con industria lo has de hazer,
que no con fuerça, Chichon;

que esta ha sido la ocasion
que me ha mouido a escoger
tu persona; que supuesto
que has sido tu su criado,
de ti estarà confiado,
y estriua el engaño en esto.
Chich. Si en esso consiste, fia
de mi ingenio y mi lealtad.
Cond. Oye pues.
Sale vn *Page.*
Pag. Su Magestad
aguarda a vuesseñoria. *Vase.*
Cond. Quedate aqui; que despues
te lo dirè mas despacio.
Vase.
A parte.
Chich. Confusiones de Palacio,
turbados mueuo los pies;
que apenas tus puertas vi,
quando mi ciega ambicion
tropieça en vna traycion
contra el dueño a quien serui:
mas porque traycion la llamo,
si es forçoso a toda ley
hazer lo que manda el Rey,
y el Conde que ya es mi amo?
Bien me puede el Texedor
perdonar, si por dos mil,
y vna vara de Alguazil,
y priuar con tal señor:
sus obligaciones dexo;
que en mucho menos que yo
Iudas a Christo vendio;
es verdad que era vermejo. *Vase.*
Salen Doña Ana y Florinda de labradoras con luz de noche.
An. Florinda, de suerte estoy,
que me falta el sufrimiento.
Flo. En tan justo sentimiento
ningun remedio te doy.
An. Despues de tanta firmeza,

            tan repentina mudança?
            despues de tanta esperança,
            tan desdeñosa tibieza?
            cosas son.
Flor.   Que assi se enfria
            en medio de querer bien
            vn hombre? mal aya, amen,
            la muger que en ellos fia.
Sale
Sale Garceran de labrador a parte.
Gar.   Como mi amor la dessea
            hallo la puerta: ò verdad,
            quietud y seguridad
            de la vida del aldea!
            Agora, gloria mia,
            que de llegar a verte
            traxo esta noche el venturoso dia,
            no temo ya la muerte;
            antes muera yo aqui, si he de perderte.
Ana.   Que es esto? es Garceran?
Gar.   Es quien la vida
            solo ganada, si por ti perdida,
            consagra a tu hermosura,
            principio de mi mal y mi ventura.
Ana.   Garceran, vn amor correspondido
            con bastante disculpa es atreuido:
            mas si desengañado
            de que no puede ser jamas pagado,
            haze de los peligros tal desprecio,
            afecto es temerario, impulso necio.
Gar.   Por esso es amor loco,
            que no ama mucho, quien arriesga poco.
Ana.   Essa es fineza vana;
            que ni galan os quiero,
            ni esposo querreys ser de vna villana.
Gar.   De mi amor verdadero.
Florin.   Passos siento, señora.
Ana.   Ay de mi, si es el que mi pecho adora?
            yo triste soy perdida;
            mirad por mi opinion y vuestra vida.

A esse obscuro aposento
os entrad; que a la huerta
sale del vna puerta.
Gar.   Por tu opinion consiento
que saque pies aqui mi atreuimiento.
Ana.   Presto.
A parte.
Gar.   Porque dilatas, suerte dura,
la vida, a quien abreuias la ventura.
Retirase al paño.
Ana.   Quien es? ay desdichada.
Salen Pedro y sus compañeros con las mascaras puestas.
Ped.   Las vozes enfrenad, o dura espada
las matarà en el pecho.
Ana.   Quien soys? que pretendeys?
Ped.   Eres Clariana?
Ana.   Yo soy.
Cam.   Venga la llaue de tus joyas.
Ana.   Da, Florinda, las llaues al momento.
Vase Florinda con Camacho.
A parte.
Gar.   O ladrones infames! mas que intento?
si guardan el decoro a su belleza,
no pierda la opinion por la riqueza,
pues es fuerça perdella,
si saben que a tal hora estoy con ella.
A parte.
Ped.   Que miro? viue el cielo, si viuiera
doña Ana, que dixera
que es la misma que veo:
pero no puede ser, porque a mis ojos
rindio a la muerte palidos despojos.
Sale Camacho con vn cofrecillo y Florinda.
Cam.   Ya estan aqui las joyas y el dinero.
Ped.   Las dos agora, sin mouer los labios,
o veran de la muerte el rostro fiero,
caminen.
Garceran mete mano.
Gar.   A muger hazeys agrauios?
a vn serafin humano

el respeto perdeys?
Meten mano todos, detienelos Pedro.
Ped.   Tened amigos,
            es Garceran?
Gar.   El mismo soy.
Ped.   La mano
            que de amistad os di; no ha de ofenderos;
            embaynad los azeros.
Gar.   Quien es, el que conmigo
            vsa de tal nobleza?
Ped.   Vuestro amigo;
            conoceysme?
Descubresele a parte; buelue a ponerse la mascara.
Gar.   Si, Pedro; que no oluida
            a quien le ha dado libertad y vida,
            quien tiene noble el pecho.
Ped.   Pues, Garceran, dezidme, es por ventura
            Clariana la ocasion de vuestros daños?
            es esta la hermosura,
            de que os resultan males tan estraños?
Gar.   Bien muestra el mismo caso
            que es el fuego Clariana, en que me abraso.
Ped.   Pues aduertid que el Conde no Perdona
            traça ni diligencia
            en orden a prender vuestra persona,
            que en la sierra he encontrado yo estos dias
            diferentes espias
            contra vos despachadas
            a las tierras vezinas y apartadas;
            si como, por gozar la luz hermosa
            en que se ha de abrasar la mariposa,
            os tiene de Clariana el amor ciego
            preso al mismo peligro al mismo fuego:
            huyd de la prision y de la pena,
            y lleuad con vos mismo la cadena:
            robemos a Clariana:
            casi cien hombres tengo ya valientes
            a mi imperio obedientes;
            que mi fama acrecienta cada dia
            mi fuerte compañia:

si dellos y de mi quereys valeros
del Conde injusto y aun del mundo todo
es facil en la sierra defenderos.

Gar.   Si como me està bien vuestro consejo,
se conformasse en el Clariana hermosa,
que suerte mas dichosa?
su gusto es, Pedro amigo,
ley de mi voluntad, norte que sigo.

Ped.   Tieneos amor?

Gar.   Si mi aficion pagara,
que desdichas llorara?

Ped.   En pena pues de su rigor injusto,
rinda a la fuerça, lo que niega al gusto;
proponelde el intento,
y redimid la vida y el tormento.

Gar.   Hermosa prenda mia,
perdona, si vn amor, que desconfia
de ablandar tu esquiueza,
conquista con agrauios su belleza;
conmigo he de lleuarte.

Ana.   Que dizes, Garceran?

Gar.   Digo que muero;
y pues que desespero,
señora, de obligarte,
ni te admires, ni culpes la fe mia,
si emprendo por viuir tal grosseria.

Ana.   Primero en mil pedaços
me veràs diuida, que en tus braços.

Ped.   Ello ha de ser al fin, Clariana hermosa,
y donde la eleccion no se permite,
en vano estàs dudosa.

Ana.   Vos soys amante, Garceran? vos noble?
de que rustico roble
las entrañas teneys? que bruto ofende
al mismo dueño que obligar pretende?
que vitoria, que palma
lleua el amor injusto
de voluntad sin gusto,
alma sin voluntad, cuerpo sin alma?
y si sabeys de honor, como lo fio

de vuestra ilustre sangre, porque el mio
con tan infame accion quereys quitarme?
ofenderme es amarme?

Ped.   Tu resistencia es vana;
que honor ha de tener vna villana,
que no de illustrado,
teniendo por galan tal cauallero?

Ana.   Y si por dicha el traje os ha engañado,
y le ygualo en nobleza, acaso espero
que de mi condolidos
deys a mi mal piadosos los oydos?

A parte.
Ped.   Valgame Dios, con mil sospechas lucho;
habla, que ya te escucho
inclinado a ampararte, si mereces
en lo que ocultas, mas que en lo que ofreces.

A parte.
Ana.   Rompa aquí los candados el secreto,
si solo ya el librarme
de tan estraño aprieto
consiste en declararme;
oyd pues, que yo espero,
si las entrañas no teneys de azero,
que han de mostrarse pias,
sino a mi sangre, a las desdichas mias.
Esta vil corteza,
este rudo traje,
nubes son del sol,
y del oro engastes.
No es la vez primera
que fieros combates
de fortuna obligan
a ocultos disfraces.
Mi nombre es doña Ana
Ramirez, mi padre
fue Beltran Ramirez,
de Madrid Alcayde.
Su infeliz historia
no es bien que os relate,
pues le dà la fama

eternas edades.
Escuchad la mia,
pues sola es bastante
a mouer a llanto
duros pedernales.
Quando la fortuna
con viento suaue
a mi ilustre casa
diò prosperidades.
El Conde don Iuan
diò en solicitarme,
señor con poder,
y galan con partes.
Mas mis resistencias,
puesto que le amasse,
nada desmintieron
a mis calidades.
Y assi con su firma
se obligò a casarse
conmigo, por verme
a sus ruegos facil.
Diò la buelta entonces
la rueda mudable,
de aquella que ciega
sus dones reparte.
Muriò en el suplicio
mi inocente padre,
lamentable efeto
de la embidia infame.
Mi hermano Fernando,
de quien los diamantes
tiernamente lloran
el fin miserable,
teniendo noticia
de que era mi amante
el Conde, y temiendo
mi afrentoso vltraje,
porque en ningun tiempo
pudiesse gozarme,
venenos preuiene,

que mi vida acaben.
Piadoso me auisa
el mismo, a quien haze
secreto ministro
de tales crueldades.
Y conficionando,
para prepararme,
antidotos fuertes,
que su fuerza atajen.
El mortal licor
mi hermano me trae,
necia medicina
de calamidades.
Beuilo, y fingiendo
entre ansias mortales
despedir la vida,
pude assegurarme.
Que el al mismo punto
de mi casa parte,
a buscar la muerte
que Castilla sabe.
Yo con los temores
de infortunios tales
y con las afrentas
de mi ilustre sangre
la ficcion prosigo,
y para ocultarme,
de Madrid me ausento,
mudo nombre y traje.
Mas tan duras penas,
tan fieros desastres
a no amar al Conde
no fueron bastantes.
Antes lo aumentaron
las aduersidades,
buscando en sus bienes
remedio a mis males.
Que con pena y miedo,
sin honra y sin padres,
por vnico asilo

escogi a mi amante.
Reuelèle el caso,
de mi casa parte,
quando el daua al ayre,
llorando mi muerte,
quexas lamentables.
Con nueuas promesas
boluiò a assegurarme,
engaños agora,
si entonces verdades.
Y assi su poder
mi amor y mis males,
del honor y el alma
le hizieron Alcayde.
Mudose a Segouia
la Corte, y yo, en traje
de villana, sigo
mi adorado amante;
y el para poder
mas libre gozarme,
en esta aldehuela
quiso que habitasse.
Ya son siete Estios,
los que essos crystales
de la sierra han dado
licor a su margen,
despues que en promesas
paga mis verdades,
pena de quien fia
lo que tanto vale.
Estos son mis casos,
mi estado y mi sangre,
si a piedad os mueuen
desuenturas tales,
amparadme humanos,
o fieros matadme,
pues la muerte es puerto
de calamidades.

Ped.   Que tu eres doña Ana?
Ana.   Diganlo mis males.

Gar.   No han visto los siglos
caso mas notable.

Ped.   Que al Conde engañoso
tu honor entregaste?

Ana.   Desdichas lo hizieron,
que no liuiandades.

A parte.

Ped.   Que maquinas formas,
y que enredos hazes,
vil fortuna, solo
en mi mal constante,
para perseguirme?
estoy por sacarle
mi sangre del pecho;
mas bien es que trace
medios que a su honor
den remedios, antes
que a su error castigos;
podeys perdonarme
Garceran, que es fuerça
que a doña Ana ampare.

Gar.   Lo mismo pretendo;
que a su hermano y padre
tuue obligaciones
y deui amistades
tan grandes, que dado
que es mi amor tan grande,
morirè, primero
que su ley quebrante.

Ped.   Son correspondencias,
a quien soys, yguales;
tu, doña Ana hermosa,
escuchame a parte.

Apartanse.

A mi me han mouido
tus aduersidades,
como a quien se informa
de tu misma sangre.
Quien soy, es forçoso
que agora te calle,

defender tu honor,
pienso que es bastante
para prueua dello,
y para que aguarde
que este beneficio
con otro me pagues.

Ana.   Si el honor te deuo,
no ay dificultades,
que por ti no vença.

A parte.
Ped.   No es bien declararle
mi intento, que al Conde,
puesto que la agrauie,
adora, y no guarda
secreto vn amante.
Valgame la industria;
doña Ana, ampararme
del Conde pretendo,
para que el me alcance
con el Rey perdon
de las culpas graues,
a que me ha obligado
este oficio infame.
Y para este efeto
quiero que te encargues,
quando el venga a verte,
de hazer auisarme.
Que a sus pies prostrado,
no dudo, si sabe
que por prenda suya
hize respetarte,
que esta obligacion
como noble pague.

Ana.   Corto premio pides
de merced tan grande;
pero dime, a donde
embiarè a auisarte?

Ped.   En la cruz que al cerro
la cabeça parte,
me busque, o me espere,

quien lleue el mensaje;
y tenga en la mano
por seña este guante,
Dale vn guante.
que siempre a la vista
tendrè, quien le aguarde.
Ana.   De mi obligacion
confiado parte.
Ped.   Boluelde las joyas.
Ana.   El ciclo te guarde;
y tu, Garceran,
pues mi historia sabes,
mi rigor perdona;
que ya que no amante,
quedo agradecida.
Vase, y Florinda.
Gar.   Ruego a Dios que alcances
el fin que pretendes;
que el tiempo mudable
no borrò las deudas
que tengo a tu sangre.
Ped.   Si quieres pagallas,
y de los combates
que tu vida emulan,
intentas librarte;
huye los peligros,
y ven donde mandes
mi valiente esquadra.
Gar.   Pues ya no ay que aguarde
mi abrasado amor,
fuerça es que me ampare
de ti y de tu gente.
Ped.   Ven pues, que si valen
industria y valor,
presto pienso darte
de mi amistad firme
mas claras señales.
Cam.   Cornejo, por Dios
que echamos buen lance. *Vanse.*
Salen Chichon con otros dos. 1. 2. de salteadores.

Chich.   En esta inculta aspereza
              los auemos de encontrar.
1.   Temo que te has de turbar.
Chich.   Mal sabeys la sutileza
              del ingenio de Chichon,
              en engañar y fingir,
              parias me puede rendir
              el Griego astuto Sinon;
              no me mandeys pelear,
              que lo demas sabrè hazer.
2.   A ti toca el disponer,
              y a nosotros el obrar.
Chich.   El enredo he ya traçado,
              de suerte que me creyera
              Pedro Alonso, aunque estuuiera
              de nuestro intento auisado;
              pero aguardad, que he sentido
              entre estas peñas rumor.

Salen Camacho, Cornejo, y Xaramillo, con mascaras, apuntando con los arcabuzes.

Cam.   Hidalgos, rindan las armas.
Chich.   Esperad, que soy Chichon;
              si es de vosotros alguno
              Pedro Alonso mi señor,
              todos somos de la carda,
              todo viuiente es ladron;
              descubrirse puede el rostro,
              que de su fama la voz
              traxo a los tres, a aumentar
              el numero salteador.
Cam.   Bien podemos descubrimos.

Quitanse las mascaras.

Chich.   Es Camacho?
Cam.   Si, yo soy.
Chich.   Es Cornejo?
Cor.   Y Xaramillo.
Chich.   Y mi amo?
Cam.   Aqui quedò
              con su querida Teodora;
              pero ya vienen los dos.

Salen Pedro, y Teodora de hombre.

Corn.   Ya tenemos Capitan,
          tres soldados mas.
Ped.   Chichon,
          en mis manos has caydo.
Chich.   Si, mas fue por querer yo
          hazer dellas fuerte escudo
          contra la persecucion,
          que por serte tan fiel,
          mi cabeça amenaçò;
          pero conoce y recibe
          en tu amistad a los dos,
          que luego de nuestros casos
          te harè larga relacion.
1.   Huyendo de la fortuna,
          vengo a ampararme de vos,
          por dar con tal Capitan
          al mismo infierno temor.
Chich.   No tiene mas de seys muertes
          el amigo.
Ped.   Seys?
Chich.   Las dos
          en el campo cuerpo a cuerpo,
          y las quatro de antubion.
2.   De vn poderoso enemigo
          la ventaja, no el valor
          me obliga a buscar defensa
          en vuestro fuerte esquadron.
Chich.   El que ves, a vn mayorazgo
          le dexò, de vn bofeton
          hecha la boca Origuela,
          que toda la despoblò.
Ped.   Con tan valientes soldados
          ya me juzgo vencedor,
          de quantos Reynos visita
          la luz hermosa del sol.
Chich.   Es por dicha mi señora,
          la que miro?
Teod.   Si, Chichon.
Chich.   Quien se podrà defender

de tan bello salteador?

Cantan dentro.

Musi. Ya se salen de Segouia
quatro de la vida ayrada,
el vno era Pedro Alonso,
Camacho el otro se llama.
El tercero es Xaramillo,
y Cornejo es el que falta,
todos quatro mata sietes,
valentones de la fama.
Rompiendo los embaraços,
y quitandose las trauas,
a pesar de guardianes,
se escaparon de la jaula.
Pidieron Embaxador,
y dando salto de mata,
fueron a ser gauilanes
del cerro de Guadarrama.
Despoblado està el bureo,
desierta queda la manfla,
la xacarandina triste,
y sin abrigo las hachas.
Las plumas se han atutado,
y aborrascado las varas,
vnas recorren las cueuas,
y otras escriuen las causas.
Triste de aquel que agarraren
los pescadores de caria,
que al son de vna cuerda sola
harà en el ayre mudanças.

Cantando.

Chich. Antes cieguen que tal vean,
quantos oyen lo que cantas.

Ped. Este no nos tiene miedo,
pues que por la sierra passa
cantando seguramente.

Chich. No deue lleuar blanca.

Ped. Salilde al passo los tres,
y venga aqui, que me agrada
el romancillo, y desseo

escuchalle lo que falta;
demas que me ha parecido
correo de apie, y las cartas
quiero ver, que me seran
por ventura de importancia.

Vanse Camacho, Cornejo, Xaramillo.

Cam.   Vamos.
Chich.   El os ha sentido,
y ya sus pies lleuan alas.
Ped.   Seguilde, no le dexeys
de alcançar, aunque a las faldas
llegueys, que con sus crystales
fertiliza Guadarrama;
que pues huye tan ligero,
y tan medroso se guarda,
algo lleua de valor.
Chich.   Hombre, eres liebre, eres cabra?
eres pelota de viento?
bolando las peñas passa,
y del bote que dà en vna,
tan ligero en otra salta,
o que son de corço sus pies,
o son los riscos de lana.
Ped.   Hijos son del viento mismos
los que le van dando caça;
en vano escaparse intenta.
Chich.   Ya, ni aun la vista lo alcança.
Ped.   Mientras bueluen con la presa,
concede, prenda del alma
tu regaço a quien te adora.
Teod.   Sentemonos, y descansa
vn rato de tantas penas,
y de vigilias tan largas.

Sientase Teodora, y Pedro dexa el arcabuz, y recuestase en su regaço.

Chich.   Esta es la misma ocasion,
amigos, sus camaradas
van tan lexos, que no pueden
socorrerle; yo en la cara
le echarè este capotillo,
y vos quitalde las armas;

vos a Teodora tapad
la boca y amenazalda
con la muerte, si dà vozes.
1.   Bien has dicho, llega; acaba.
Chich.   Animo pues, que yo tiemblo
desde el cabello a la planta;
que no podràs, vil codicia,
en la condiciòn humana?
Llega con el capotillo en las manos.
Ped.   Que es esso, Chichon?
Chich.   Señor,
contemplo que es dura cama,
la que te dà esse peñasco;
y assi pretendo que hagan
alfombra este capitolio,
sino colchon, tus espaldas.
Ped.   No es menester; ya los riscos
me conocen, que son blandas
las peñas, a los trabajos
que me oprimen comparadas.
Chich.   Que trabajos? has parido?
que en el mundo no me espanta
otro a mi.
1.   Chichon, que es esto?
agora el valor te falta?
Chich.   No os espanteys, que me ha echado
vnos ojos, que bastaran
a dar miedo al mismo infierno;
mas esta vez esta hazaña
se ha de acabar.
Buelue a llegar como a echalle el capotillo en los ojos.
Ped.   Aun porfias, Chichon?
Chich.   Señor, en la cara
te dan los rayos del sol,
y hazerte sombra intentaua.
Ped.   O que oficioso que estàs!
de quando acà me regalas,
Chichon, con tanto cuydado?
Chich.   Agora ay mas justa causa,
que tu vida y tu salud

nos son de tanta importancia.
Ped.   Dexa de cuydar de mi.
Chich.   No puedo hazer lo que mandas,
que eres mi amparo.
1.   Chichon,
siempre al llegar, te acouardas?
Chich.   Si, camaradas, que tiene
la muerte muy mala cara.
1.   Pues los dos le prenderemos,
y tu a Teodora.
Chich.   Esso vaya,
que con ella bien me atreuo
a hazer singular batalla.

*Echanle los dos el capotillo en la cara, y atanle las manos atras con la
cuerda del arcabuz, y Chichon a Teodora.*

Ped.   A traydores.
Te.   Que es aquesto?
Chich.   Es tu muerte, sino callas.
1.   No resista, sino quiere
que le abramos puerta al alma.
2.   Atalde las manos, presto.
1.   Este es el fin de quien anda,
Pedro Alonso en tales passos.
Chich.   Perdonad, que el Rey lo manda.
2.   Atalde bien.
1.   Con la cuerda
del arcabuz enlazadas
sus manos, seràn de Alcides,
si la rompe, o se desata.
2.   Empiecen a caminar.
1.   Espuela serà esta daga,
si perezosos se mueuen.
Chich.   Malos años, como brama!
paciencia, Pedro; que al fin
quien mal anda, mal acaba.

ACTO TERCERO

Salen por vna puerta vn Passagero, y por otra vn Ventero vejete con vn velon encendido, ponelo sobre vna mesilla de venta.

Pas.	Ventero, ha Ventero.
Vent.	Necio, ya lo se.
Pas.	Acà estamos todos.
Vent.	Otro, que entraua en galeras
	a remar, dixo lo proprio.
Pas.	Pepita.
Vent.	En quien me maldize.
Pas.	Aurà que cenar?
Vent.	Vn rollo
	de congrio no faltarà.
Pas.	Pullas a mi, purgatorio
	de caminantes?
Vent.	Espinas,
	que no pullas, tiene el congrio.
Pas.	Que santa sinceridad!
	por esso os tienen por bouo.
Vent.	El oficio lo requiere;
	mas vos, que tan malicioso
	hablays, quien soys?
Pas.	Yo soy sastre.
Vent.	Yo Ventero, vamos horros;
	pero de donde venis?
Pas.	De esse alcaçar sumptuoso,
	a quien dan luziente espejo
	bueltos en crystal los copos.
	que en el abrasado Estio
	harta a la sierra esse arroyo.
Vent.	Essa hermosa recreacion
	es de Pedro de los Cobos.
Pas.	Hase retirado a ella
	melancolico y ansioso,
	dizen que de hypocondria,

el Conde don Iuan; aunque otros
dizen que su padre assi
por trauessuras de moço
le castiga, y he venido
a hablarle en cierto negocio.

Salen Chichon, y sus compañeros. 1. 2 y Pedro, y Teodora, atadas las manos otras como los prendieron.

Chich.   Esta venta està dos leguas
de Segouia, en ella vn poco
descansaremos, y a la hambre
le demos algun socorro,
pues estamos ya seguros.

1.   Bien dizes.

Chich.   Hoste, bon chorno.

Vent.   Si aqui ay bochorno, en la sierra
no estareys tan caloroso.

Chich.   Hoste.

Vent.   Os quemo?

Chich.   E qual que cosa, que manchar?

Vent.   Azeite es proprio para manchar.

Chich.   No me entiendes,
venterico de mis ojos,
que te hablo en Italiano?

Vent.   Pues hagase a zaga vn poco,
que requebrarme, y hablarme
Italiano, es peligroso;
mas quien es, el de las manos
atadas?

Chich.   Es el demonio,
el Texedor de Segouia.

Vent.   Ha en hora mala; mas como
no me pedistes albricias?
que estoy de contento loco;
ya està metido en la trena

Canta, y bayla.

el valiente Pedro Alonso.

Chich.   Loco està el viejo.

Vent.   No es mucho,
que ha mil dias que no como,
que de temor no llegaua

	a esta venta vn hombre solo.
1.	Dadnos que cenar de albricias.
Vent.	De vn cebon os darè vn lomo;
	en lo tierno Portugues,
	y Prouincial en lo gordo;
	que cara tiene el vellaco!
	hombre, dime, que demonio
	te engañaua?
Chich.	No espereys
	que os responda mas que vn tronco,
	que en prendiendole, calò
	la visera, y cerrò el morro,
	y no ha hablado vna palabra.
Vent.	Dezidme, quien es el otro?
Chich.	Es vn camarada suyo.
Vent.	Triste del, que es como vn oro;
	que digo? guardaos de hablar
	en Italiano a este moço. *Vase.*
1.	Mientras doy priessa a la cena,
	quedad de guarda vosotros. *Vase.*
	Pas. No me direys de que suerte
	pudistes prendelle?
2.	Todo
	lo alcança la humana industria;
	escuchad, y sabreys como.

Ponense en corro a hablar 2. y Chichon, y el passagero, y llegase Pedro al velan, y quemase los lazos en el.

A parte.

Ped.	Dadme fauor, santos cielos,
	que mientras hablan, dispongo
	que el fuego deste belon
	me dè remedio piadoso,
	aunque las manos me abrase:
	que si las desaprisiono,
	hechos ceniza los lazos,
	han de hazer, del fuego propio
	en que ellos se abrasen, rayos
	con que a mis contrarios todos
	fulmine mi ardiente furia:
	elemento poderoso,

esfuerça la accion voraz
tu, que los humedos troncos,
los azeros, los diamantes
sabes conuertir en poluo:
ha pese a tu actiuidad:
todo me abraso, y no rompo
los lazos: fuego enemigo,
dante pasto mas sabroso
mis manos, que essas estopas,
que te suelen ser tan proprio,

Desatase.

 alimento? ya estoy libre.
Agora si que quantos monstros
de Egypto beuen las aguas,
pacen de Hyrcania los sotos,
se oponen a mi furor,
los harè pedaços todos.
Pas. Dicha fue que le dexassen
sus camaradas tan solo,
para prenderle.
Chich. Obra fue
de Dios, que ordenò piadoso,
que pague tan gran vellaco
tantos insultos y robos.
Saca Pedro la espada al passagero, y acuchillalos.
Ped. Agora lo vereys, perros.
Chich. Ay de mi! perdidos somos.
2. Aqui del Rey.
Ponese Chichon al lado de Pedro.
Chich. Ha gallinas,
a mi amo Pedro Alonso
os atreuistes? a ellos,
que a tu lado estoy.
Teod. Socorro, cielos.
Dale a Chichon.
Ped. Ha traydor.
Chich. Assi
me pagas, quando me pongo
a tu lado?
2. Muerto soy.

Vent.   Toca a la hermandad, Bartolo.
Vanse.
Salen el Conde, y Fineo de Campo.
Fin.   Alegre noche.
Cond.   A no estar
yo tan triste, alegre fuera,
mas las luzes de su esfera
no se pueden ygualar
en numero a mis pesares:
como ni a la causa dellos
se ygualan en rayos bellos
sus hermosos luminares.
Fin.   Famosa recreacion
es esta de Cobos.
Cond.   Buena,
si hiziesse vn punto mi pena
treguas con mi coraçon.
Fin.   Quieres, Señor, que con juegos
te diuiertan los criados?
y que alumbrando estos prados
con luminarias y fuegos,
te entretengan?
Cond.   No, Fineo:
antes al campo sali,
por dar mas lugar aqui
a que me mate el desseo.
Fin.   No fuera malo traer
a Clariana de la aldea.
Cond.   No la nombres, si dessea
tu priuança no perder
el lugar que en mi te doy,
todo lo que no es hablar
de Teodora, es aumentar
pena al infierno en que estoy.
Fin.   El Moro dizen, señor,
que a Madrid tiene sitiado.
Cond.   No me dieran mas cuydado
que sus flechas, las de amor?
Fin.   Tambien publica la fama
que contra Segouia tiene

el mismo intento, y que viene
marchando hàzia Guadarrama.
Cond.   A manos de amor he muerto,
y no temo a Marte ya.
Fin.   El Rey dizen que saldrà
mañana a ocupar el puerto
para impedir el passo
a las Moriscas banderas.

A parte.
Cond.   Ha Teodora, si supieras
quan ciegamente me abraso!

A parte.
Fin.   Al fin es vana intencion,
tocando vna y otra historia,
diuertir de su memoria
la enamorada passion:
mas que luzes son aquellas,
que en el valle resplandecen,
y exalaciones parecen
en el curso, sino estrellas.

Dentro gritando.
Vno.   A la quinta.
Otro.   Al valle.
Otro.   Al prado.
Sale Pedro con le espada quebrada.
A parte.
Ped.   Cielo santo, donde irè?
como librarme podrè,
de tanta gente cercado?
impossible es resistir,
que me ha llegado a faltar
la espada para esperar,
y el aliento para huyr.
Si ay en vosotros piedad,
si noble sangre os anima,
si ageno mal os lastima,
a vn desdichado amparad.
Cond.   Quien soys?
Ped.   Si teneys valor
basta ser vn perseguido

de mil contrarios, que os pido
contra su furia fauor:
si aueys de hazerlo, mirad
que ayrados y temerarios
se acercan ya mis contrarios.
Cond.   En esse quinta os entrad,
que yo os librarè.
Ped.   Yo espero
que sereys sagrado mio,
sin saber de quien, me fio,
por ser el lance postrero. *Vase.*
Salen el Ventero, el compañero 1. de Chichon, y otros villanos con armas, hachones de paja, y Teodora atada, van a entrar por donde Pedro, y detienelos el Conde, y asomase Pedro a la ventana.
Vent.   O la tierra lo ha tragado,
o en esta quinta se esconde,
Cond.   Aguardad.
Vent.   Quien es?
Cond.   El Conde.
A parte.
Ped.   Ay hombre mas desdichado?
en manos de mi enemigo
he dado.
Cond.   Es Celio.
1.   Señor,
Celio soy, que al Texedor
con toda esta gente sigo;
con Teodora le traîa
preso, y haziendo pedaços
en essa venta los lazos,
que Alcides no romperia,
y sacando de la cinta
la espada a vn huesped, hiriendo
y matando, escapò huyendo:
y sino està en esta quinta,
es cierto que se ha librado.
Cond.   Y Teodora?
1.   Vesla aqui.
A parte.
Ped.   Todo el infierno arde en mi.

Cond.   Pues la palabra que he dado,
le cumplirè al Texedor,
que soy noble, y pues alcança
a Teodora mi esperança,
ni mi amor, ni mi rigor
le quieren dar mas castigo.
El, sin ser visto de mi,
no ha podido entrar aqui,
quede Teodora conmigo,
y proseguid en buscalle.

1.   Vamos. *Vase.*

Vent.   A fe de ventero
de no dar a passagero
vino puro antes de hallalle.

Vase y los villanos.

Cond.   Llega, que ofendido estoy,
Teodora, de estos laços

Desatala.

presuman prender los braços,
cuyo prisionero soy.

A parte.

Ped.   Que harè sin armas, zeloso,
y en poder de mi enemigo?
que aunque se mostro conmigo
tan noble, humano, y piadoso,
en ocultarme a la gente
que me sigue, ya cumpliò
la palabra que me diò:
y agora temo que intente
sus venganças en mi vida,
y en Teodora mis agrauios.

Cond.   Mueue los hermosos labios,
no te muestres ofendida
de que te adore, y aduierte
que està en mi poder tu amante:
y si resistes constante,
te he de obligar con su muerte
a oluidalle y a quererme,
y que al fin para vencer,

la fuerça me ha de valer,
sino puede amor valerme,
llama al Texedor, Fineo.

Fineo se va.
A parte.
Ped.   Esto es hecho. *Vase.*
A parte.
Teod.   Ay, dueño mio,
no librarte, es desuario,
del peligro en que te veo,
librete yo, que despues
sabre morir resistiendo:
no pienses, Conde, que ofendo
con el silencio que ves,
a la estimacion deuida
a tu amor y tu grandeza:
antes viendo mi baxeza,
auergonçada y corrida
de no auer antes tu amor,
como era justo, pagado,
y de auerte despreciado
por vn baxo Texedor,
negaua a la boca el pecho
atreuimiento de hablarte.
Cond.   Si ya merezco ablandarte,
obligado y satisfecho
de tu resistencia estoy,
pues ella misma, la gloria
aumenta de la victoria.
Teod.   No lo dudes, tuya soy.

Salen Pedro y Fineo, y otros criados.
A parte.
Ped.   Tal escucho? ha vil muger,
ha mudable, ha fementida.
Cond.   No la injuries, si la vida
tambien no quieres perder,
de la gente, que venia
siguiendote, prometi
librarte, ya lo cumpli,
y si agora tu osadia

la ofende, o me ofende, piensa
que puedo, sin quebrantar
mi palabra, executar
el castigo de mi ofensa.

Fin.   Estad todos con cuydado,
que es demonio el Texedor.

Ped.   Que nobleza, que valor
muestra el auerme librado
de mis contrarios, si aqui
deslustras essa piedad,
y executa tu crueldad
mas fiera vengança en mi?
que alabança solicitas
de la fe que me cumpliste,
pues si la vida me diste,
el alma en cambio me quitas?
mas no de ti, fementida,
de ti me quiero quexar.

A parte.
Teod.   Temo que le ha de costar,
el injuriarme, la vida,
necio, di, que confiança
te ha dado a entender jamas
que yo no estimasse mas
cumplir la justa esperança
del Conde, que ser constante
a la fe de vn Texedor?
tan ciega estoy de tu amor;
que a vn gran señor, que es Atlante,
en que estriba dignamente
el peso desta corona,
prefiera la vil persona
de vn bandido delinquente?
conocete, presumido,
confiado, buelue en ti:
que el seguirte yo hasta aqui,
no amor, sino fuerça ha sido,
y assi el furor que te anima,
solo fabrica tu daño:
goza pues del desengaño,

      y como a prenda me estima
      del Conde ya, o viue el cielo,
      si me buelues a injuriar,
      que yo misma he de manchar
      de tu infame sangre el suelo.

Ped.   Tal escucho?
Cond.   Que merezco
      tan gran fauor de tus labios?
Ped.   Ya con tan fuertes agrauios
      mi misma vida aborrezco:
      empieça a matarme, fiera,
      que ya yo empieço a ofenderte:
      y alegre aguardo la muerte,
      como injuriandote muera,
      vil, infame.

Sacan las espadas.
Cond.   El sufrimiento
      me falta ya, muera.
Teod.   Conde,
      tente, que no corresponde
      a tu grandeza, esse intento,
      que en vn rendido manchar
      tu azero, no es honra tuya
      y para mas pena suya
      yo misma le he de matar;
      dame essa espada.

Toma la espada a vn criado, y haze como que acomete a Pedro, y passase a el, y dale la espada, y vase.
Ped.   Ha enemiga,
      cielo santo, para quien
      guardays los rayos?
Teod.   Mi bien,
      tomala, y porque no siga
      mis medrosos pies el Conde,
      la puerta defiende, en tanto
      que en su tenebroso manto
      la noche negra me esconde. *Vase.*
Cond.   Ha engañadora!
Acuchillanse.
Ped.   Huye, honor de mugeres.

Cond.   Muera, muera, y seguilda.
Entranse retirando de Pedro.
Ped.   Sino fuera
             el que suele mi valor,
             la pudierades seguir,
             matandome a mi primero,
             por la punta deste azero
             al campo aueys de salir.
Cond.   Furia del infierno es.
Ped.   Presos aueys de quedar,
             el passo he de assegurar
             con las manos a los pies. *Vanse.*
Salen Garceran, Camacho, Cornejo, y Xaramillo.
Gar.   Soldados, marchad a priessa,
             agora, amigos, agora
             de nuestro agradecimiento
             den testimonio las obras.
             Vuestro Capitan va preso
             a cuyo valor deudoras
             son las mas de vuestras vidas
             del libre estado que gozan.
             Agora pues a la suya
             las sacrifiquemos todas,
             porque a la ley de amistad,
             como deuen, correspondan.
             Apressuremos el passo,
             que antes que llegue a Segouia,
             espero restituyllo
             a la libertad preciosa.
Cor.   Viue Dios, que hemos de entrar,
             aunque la Corte se ponga
             en arma, a la carcel misma,
             si la suerte rigurosa
             impide que le alcancemos.
Gar.   Entre las obscuras sombras
             viene pisando la falda
             de la sierra vna persona.
Cor.   Vn hombre es solo, y a pie.
Gar.   Llamemosle pues, que importa
             informarnos del, si viene

                    por ventura de Segouia.
Sale Teodora.
Teod.   Ay de mi! perdida soy.
Gar.   Hombre, no huyas, reporta
                 el receloso temor,
                 y la turbacion medrosa.
                 Y dinos, si has encontrado,
                 y a donde llegara ahora
                 la gente que lleua preso
                 al Texedor de Segouia.
Teod.   Engañame mi desseo?
                 o es Garceran?
Gar.   Es Teodora?
Teod.   Teodora soy.
Gar.   Pues que es esto?
                 como vienes libre y sola?
                 que ay de Pedro?
Teod.   Hàzia la quinta,
                 que al pie de la sierra borda
                 esse arroyo, que en las peñas
                 haze de cristal aljofar,
                 caminemos, que por dicha
                 vuestro socorro le importa:
                 y refiriendo os irè
                 en el camino su historia.
Gar.   Vamos a priessa, mas dinos
                 si queda libre.
Dentro lexos.
Ped.   Teodora.
Teod.   Ay cielos! su voz es esta.
Ped.   Teodora.
Mas cerca.
Teod.   Suerte dichosa
                 libre està Pedro.
Llamale.
Gar.   Otra vez
                 le llama, porque conozca
                 tu voz, y siga sus ecos.
Teod.   Pedro.
Cond.   Ya de entre las rocas

sale al camino.

Gar.　　　Llegad,
que aqui vuestra esquadra toda
os aguarda.

Sale Pedro con vna espada desnuda.

Ped.　　　Es Garceran?
Gar.　　　Y vuestra gente.
Teod.　　　Y Teodora. Dame los braços.
Cam.　　　Y a todos
los que en tu dicha se gozan.
Gar.　　　Supimos de vn passajero
que os lleuauan a Segouia
presos, y juntando al punto
vuestra quadrilla animosa,
partimos en vuestro alcance.
Ped.　　　Mi valor me dio vitoria
de aquellos traydores viles,
que con industria aleuosa
me prendieron: y despues
me dio la vida Teodora,
honor de su patria, afrenta
de las Romanas matronas.
Al Conde, y a sus criados
dexo encerrados agora
en la quinta por defuera.
Amigos, si en la memoria
teneys lo que os he seruido,
en esta ocasion me importa
que vuestro agradecimiento
en los efetos se conozca.
Gar.　　　La preuencion es agrauio,
la duda ofensa notoria
para quien la vida os deue.
Cam.　　　No ay aqui quien no se oponga
por vos a la muerte misma.
Cor.　　　Todos por vos se conortan
a dar guerra al mismo infierno.
Xar.　　　Prueua tu gente animosa.
Ped.　　　Seguidme pues.
Gar.　　　Donde vamos?

Ped.   A hazer que el mundo conozca
            el valor que esconde el pecho
            del Texedor de Segouia. *Vanse.*
Salen el Conde y Fineo.
Cond.   Mal reposa vn agrauiado:
            mal sossiega vn ofendido,
            de auergonçado y corrido
            no ha permitido el cuydado
            a mis ojos vn momento
            de sueño, que pueda tanto
            vn hombre vil, cielo santo?
            de tener vida me afrento.
Fin.   Toda la noche, señor,
            sin reposar, has passado.
Cond.   Ojalà, que huuiera dado
            fin a mi vida el dolor.
            Ojalà, quando me veo
            de vn vil Texedor vencido
            mi vida huuiera dormido
            el postrer sueño, Fineo.
            Que vna muger me engañasse!
            que vn hombre vil me venciesse!
            que en mi poder le tuuiesse
            y la ocasion no gozasse!
            Ha cielo ayrado y cruel,
            si os ofende nombre igual,
            dadme ya el vltimo mal,
            y os dirè piadoso en el.
            Oy me matad, cielos, oy
            me matad: haz preuenir
            cauallos, en que partir
            a la Corte, pues estoy
            obligado a acompañar
            al Rey, que oy parte a la sierra.
Vase Fineo.

            Que hazañas harà en la guerra,
            que Moros ha de matar
            vn hombre, cuyo valor
            con ventaja tan notoria
            no pudo lleuar vitoria

de vn humilde Texedor?
Sale Chichon entrapajada la cabeça con baculo macilento.
Chich.   A besar llega tus pies
                la sangrienta calauera
                de tu criado: pondera
                qual me viste, y qual me vès,
                por cumplir tus intenciones.
Cond.   Chichon.
Chich.   Ya puedes passar
                al plural del singular.
                Llamame, señor, Chichones.
                Preso el Texedor, y presa
                Teodora, se desatò
                por Ensalmo: y empeçò
                a matarnos tan a priessa
                las pulgas, que los venteros
                de sangre de mis costillas
                dieron en hazer morzillas
                que coman los passajeros.

Sale Fineo.
Fin.   Perdidos somos, señor,
                que vn gran esquadron de gente
                mascarada y diligente
                ha cercado al rededor
                la quinta: y poniendo guardas
                a las puertas, con violento
                furor, viene a tu aposento.
Cond.   Que temes? que te acobardas?
                a mi quien se ha de atreuer?
Sale Pedro con toda su gente, con mascaras puestas, y doña Ana.
Gar.   Aqui està el Conde.
Chich.   Sin duda
                es el Texedor, ayuda,
                cielos, quierome esconder
                tras la cama del Conde:
                aqui pagareys, Chichon,
                tarde, o presto a la traycion
                el castigo corresponde. *Vase.*
Cond.   Hombres, quien soys? que quereys?
                que con tan loca osadia

el respeto y cortesia
a mi grandeza perdeys?
Ped.   No admireys mi atreuimiento,
que yo aqui para con vos
de la justicia de Dios
soy vn humano instrumento.
Y aunque vale tanto el nombre
que os dà el mundo, viene a ser,
en queriendole ofender
el mayor señor vn hombre.
Conoceys esta villana?
Cond.   Bien la conozco.
Ped.   Sabeys
que es esta muger que veys
en traje humilde, doña Ana
Ramirez, cuyo linaje
es ygual, si no mejor
que el vuestro? y que vuestro amor
la disfraça en este traje?
Dando a sus prendas perdidas,
por ser en vos empleadas,
esperanças engañadas,
y promesas mal cumplidas.
Cond.   Yo a doña Ana?
Ped.   Yo no espero
aqui vuestra confession,
que plenaria informacion
basta a mouer el azero.
Dalde pues, Conde, al momento
la mano que le deueys,
o a vuestro suplicio hareys
teatro deste aposento.

Al Conde.
Fin.   Sin duda es el Texedor
en la voz, y pues es vano
resistir; dale la mano.
Libra tu vida, señor,
del gran peligro que ves,
pues siendo obligado a ello
con violencia, el deshazello

                    sera tan facil despues.
Cond.   Bien dizes, llega, doña Ana,
                    que felizmente se emplea
                    en ti mi mano, no sea
                    tan justa esperança vana.
Ana.   Bien sabes, Conde y señor,
                    que quando no te obligara
                    tu palabra, y fe, bastara
                    a merecerte mi amor.

Danse las manos.
Cond.   A tu firmeza es deuida
                    tan justa correspondencia.

A parte.

                    Ha enemiga, esta violencia
                    me pagareys con la vida:
                    mi mano es esta: ya soy
                    tu esposo.
Ana.   Y yo venturosa,
                    pues doy la mano de esposa,
                    a quien mi vida y alma doy.
Ped.   Dexadnos solos agora,
                    que al Conde tengo que hablar.

A parte.
Fin.   Mas queda que aueriguar?
A parte.
Cond.   Por ti, enemiga Teodora,
                    vengo a tan pesado lance.

A parte.
Ana.   Pedir le querra sin duda
                    que con el Rey le dè ayuda,
                    para que perdon alcance.
                    Mas no le huuiera ofendido,
                    si esta fuera su intencion
                    en medrosa confusion
                    lleuo anegado el sentido.

Vase, y todos quedan Pedro y el Conde.
A parte.
Cond.   No espere suerte mejor,
                    quien desenfrenado yerra,
Haze Pedro que cierra las puertas.

vna y otra puerta cierra
por dentro el Texedor.
Al cielo tiene enojado
mi soberuio pensamiento,
pues con tal vil instrumento
mi altiuez ha derribado.

Quitase Pedro la mascara.

Ped.   Conde, conoceysme?
Cond.   Si,
y en vuestro valor osado,
antes de aueros quitado
la mascara, os conoci.
Ped.   Quien soy?
Cond.   Soys el Texedor
Pedro Alonso, no me oluido.
Ped.   Aun no me aueys conocido,
miradme, Conde, mejor.
Cond.   Por lo que dezis, pensara,
si pudiera ser, mirando
el retrato de Fernando
Ramirez en vuestra cara,
que erades el.
Ped.   Si soy, Conde.
Cond.   Valgame Dios; si ofendido
de mi el cielo ha permitido
que del sepulcro que esconde
vuestro cadauer elado,
que yo mismo vi entrar,
os leuanteys a vengar
vuestra hermana, ya he pagado
la deuda, y cobrò su honor
con la mano que le di;
que mas pretendeys de mi?
Ped.   No quiero que mi valor
deslustreys, atribuyendo
a milagro soberano
las hazañas de mi mano;
y aunque justamente entiendo
que es el cielo, quien ordena
que yo os castigue, no estoy

          muerto, Conde, viuo soy,
          y ha de ser de vuestra pena
          mi valor el instrumento.
Cond.   Como es possible? yo mismo
          os vi entregar al abysmo
          de vn obscuro monumento.
Ped.   Engaño fue, no verdad;
          y porque no le quiteys
          la gloria, que le deueys
          a mi valor; escuchad.
     Seys años ha que el diente venenoso
          de la infernal embidia, que derrama
          furia mortal y tosigo rabioso
          contra el valor, virtud, nobleza, y fama,
          a mi padre se opuso, que dichoso
          fue mariposa a la luziente llama
          de la gracia del Rey; pues hallò en ella
          la causa de perderse, y de perdella.
     La enemistad, la emulacion y el miedo,
          que en sus contrarios la priuança cria,
          (pues ni mi padre, pudo, ni yo puedo
          faltar a la lealtad y sangre mia)
          con el Moro Zeylan Rey de Toledo
          a mi padre imputaron que tenia
          suelo aleuoso, y la malicia pudo
          vencer a la verdad el fuerte escudo.
     Rindiò el cuello inocente al vil suplicio
          el Alcayde leal; y quiso el cielo,
          que pretendiendo por el mismo indicio
          manchar de mi inculpada sangre el trato,
          para ocultarme al capital juyzio,
          me prestasse el temor alas, y velo
          la sacra habitacion de Martin santo,
          que aun duran las piedades de su manto.
     Sabiendo pues alli que de mi hermana
          era vuestro cuydado la belleza;
          porque no la obligasse a ser liuiana,
          Conde, o vuestro poder, o su flaqueza;
          la quise atosigar, mas a doña Ana
          preseruò la piedad y la destreza

del que el veneno fabricò, de suerte
    que fingiendo morir, huyò la muerte.
Solo restaua hurtarme a la amenaça
    y al golpe fiero de mi suerte dura;
    y la necessidad me diò vna traça,
    si bien horrible, por ygual segura;
    que quando en sueño mas profundo enlaça
    al viuiente mortal la noche obscura,
    dandome mi temor atreuimiento,
    doy a la execucion mi pensamiento.
A vna boueda llego, en que escondia
    despojos de la muerte el Templo santo,
    la fuerça aplico, y vna losa fria
    puerta del hondo tumulo leuanto;
    entro, y tentando por la cueua vmbria
    poco diuersa al Reyno del espanto,
    saco de su ataud vn cuerpo elado,
    la misma noche en el depositado.
La mortaja quitè al cadauer yerto
    y pusela mi propria vestidura;
    y para que no fuesse descubierto
    mi engaño, le deshize la figura
    del rostro con heridas; y assi el muerto
    traslado de su quieta sepultura
    a la calle, y mi planta el campo pisa,
    con sola su mortaja por camisa.
Hallando pues el sol el cuerpo frio
    con mis vestidos llaues y papeles,
    que en publicar que era el cadauer mio,
    fueron tenidos por testigos fieles:
    bolò la fama, y el desastre impio
    enterneciò los pechos mas crueles,
    y dandole en la tierra el comun puerto,
    se assentò la opinion de que soy muerto.
Yo fugitiuo en curso acelerado
    a Guadarrama caminé, y fingiendo
    que he sido de ladrones salteado,
    a la piedad Christiana me encomiendo
    del Cura del lugar, que lastimado
    de mi desdicha y desnudez, pidiendo

limosna al pueblo, me comprò vn vestido,
con que a Segouia parto agradecido.
Y antes de entrar en ella, despojado
de la barba, mi rostro desfiguro;
si bien antes la pena y el cuydado
me diò la nueua forma que procuro:
Pedro Alonso me nombro, y obligado
de la necessidad, su imperio duro
y mis desdichas euitè, siruiendo
a vn Texedor, cuyo exercicio aprendo.
Seys vezes las corrientes del Oronte
en yelo conuirtiò la inuernal bruma,
y la cabeça de esse altiuo monte
ornò la nieue de rizada espuma,
mientras gozaua yo en este Orizonte
suma felicidad y quietud suma,
como quien de la arena deste estado
miraua de ambicion el golfo ayrado.
De mi tranquilidad y mi ventura
se cansò la fortuna, y de Teodora
tomò por instrumento la hermosura
de la tormenta en que me anego agora:
conquistè su belleza, y con fe pura
paga el amor, con que mi fe la adora;
es noble, es bella, es firme, y yo dichoso
en la palabra que le di de esposo.
En esto estaua yo, quando los cielos
traxeron a Segouia el cortesano
tumulto, porque diesse a mis desuelos
fiera ocasion vuestro poder tyrano,
añadiendo a la rabia de mis zelos
y al agrauio feroz de vuestra mano
el de mi hermana, donde a cada ofensa
es sola vuestra vida recompensa.
Esta es mi historia, Conde, y satisfecho
con esto, de que viuo, y es humana
la fuerça de mi braço, y de mi pecho,
prodigio, no de sombra soberana;
sustentad los agrauios que aueys hecho,

Saca la espada.

                    y empuñando el azero, la tyrana
                    mano se muestra aqui tan atreuida,
                    como contra el honor, contra la vida.
Cond.   Siendo, Fernando, de doña Ana hermano,
                    mostrays contra su esposo ayrado brio?
Ped.   Ella cobrò el honor con vuestra mano,
                    y yo con vuestra muerte cobro el mio.
Cond.   De vuestra afrenta el sentimiento es vano,
                    pues no agrauiò mi injusto desuario

Acuchillanse.

                    a Fernando Ramirez, sino a vn hombre
                    Texedor en oficio, y Pedro en nombre.
Ped.   Este es el rostro mismo, en que la afrenta
                    de vuestra injusta mano se retrata;
                    si al Texedor la hizisteis, hazed cuenta
                    que el Texedor, y no Fernando, os mata;
                    este es el pecho, que ofender intenta
                    vuestro amor con mi esposa.
Cond.   Si ella ingrata
                    resiste a mi aficion, en que os ofendo?
Ped.   Al marido se ofende pretendiendo.
Cond.   Muerto soy, cielo, justo es el castigo
                    de mis culpas, escucha, ya que muero;
                    yo contra ti y tu padre fuy testigo,
                    falso, Fernando, fuy, no verdadero:
                    orden fue de mi padre, que conmigo
                    y con el de la embidia el rigor fiero
                    tan grande fue; perdoname, pues eres
                    Christiano y muero. *Cae dentro.*
Ped.   Perdonado mueres. *Vase.*
Sale Chichon tendido, o por debajo del paño.
Chich.   Ya ha pasado la tormenta,
                    si doy credito al silencio;
                    quedito, si, ya se fue
                    el Texedor cauallero;
                    brauas cosas he sabido,
                    valgate el diablo por Pedro;
                    que eres Fernando Ramirez?
                    por Dios que lo dixe luego,
                    que Texedor tan valiente

ocultaua algun secreto;
ha, Conde, como vn atun
està tendido en el suelo;
pero la llaue le ha echado
por defuera al aposento;
triste de mi, que he de hazer
encerrado con vn muerto?
que gustosa compañia!
temblando estoy; yo confiesso
que fuy siempre con los viuos
gallina, mas con los muertos
soy vn tatara gallina.
Por esta ventana quiero
descolgarme, ya la turba
de los salteadores fieros
hàzia la sierra camina;
de las sabanas del lecho
del triste Conde podrè
hazer escalas al viento;
qua ay tan mal olor aqui,
que me atafago y mareo,
aunque no se de los dos
qual huele mal, yo o el muerto.

Vase.
Dentro ruydo de batalla de Moros, y Christianos, salen los bandoleros.
Ped.   Esta es la ocasion, amigos,
en que justamenete espero
que adore vn honroso fin
todos los passados yertos.
Vitorioso el Berberisco
sigue el alcance, y los nuestros
sin orden ya se retiran;
por mil valemos los ciento
en la sierra, donde estamos
exercitados y diestros;
acometamos en orden,
y la fuga reparemos
de los Castellanos; ea,
al Rey a la patria al cielo,
a quien viuiendo ofendimos,

Gar.   Con tan valiente caudillo
           y con tan honrado intento
           serà vn rayo cada braço,
           y vna peña cada pecho.
Corn.   Acomete, Capitan,
           que todos te seguiremos.
Cam.   Restauremos lo perdido.
Xara.   Acometamos; a ellos
Salen el Rey, y el Marques armados, con las espadas en las manos.
Marq.   Toma vn cauallo, señor,
           y salua tu vida.
Rey.   A cielos,
           defended la causa mia,
           pues yo la vuestra defiendo.
Ponense las mascaras los bandoleros.
Ped.   Bolued, bolued, Castellanos,
           que no los Moros, el miedo
           es, quien os vence y os sigue,
           bolued, Santiago; a ellos.
Vanse los bandoleros.
Rey.   Que esquadra es esta, Marques,
           que con los rostros cubiertos
           valerosamente embiste
           contra el campo Sarraceno?
Marq.   Fauor al cielo has pedido,
           y te dà fauor el ciclo.
Rey.   Bolued, soldados, bolued;
           cobren los heroycos pechos
           la reputacion perdida.
Marq.   Ya sube el Moro sangriento
           huyendo por los peñascos,
           por donde baxò siguiendo.
Rey.   Embestid, Marques, bolued
           por mi honor y por el vuestro;
           pues por vos y vuestro hijo,
           que en vn lance tan estrecho
           se ha ocultado, os obligastes
           a pelear.
Marq.   Sabe el cielo

que estoy de auerle engendrado
tan corrido, que desseo
morir, por no verle viuo,
y viuir, por verle muerto. *Vase.*

Rey.   Partid, que yo de cansado
llamas doy, en vez de aliento;
y sobre esta dura peña
con la vitoria os espero.

Dentro.   Vitoria, Castilla.

Rey.   Gracias
os hago, señor inmenso,
que de las piedades vuestras
el tesoro aueys abierto.

Sale Chichon con la espada en la mano.
A parte.

Chich.   Agora que por la sierra
suben los Moros huyendo,
seguro puedo salir
de entre las peñas, y quiero
participar de la gloria
de los vencedores perros,
de perros os bolueys liebres?
aguardad, que quiere hazeros
Chichon a todos Chichones.

Sale el Marques retirandose de Pedro, acuchillandose.

Marq.   Quien eres, hombre?

Rey.   Que es esto?

Marq.   Que despues de auer vencido
los Moros, el fuerte azero
contra los Christianos buelues?

Ped.   Solo contra ti lo bueluo;
Fernando Ramirez soy.

Rey.   Que escucho?

Ped.   A quien quiso el cielo
dar vida, porque mostrasse
las lealtades de mi pecho,
dandole vitoria al Rey,
y a ti el castigo sangriento
de los injustos agrauios,
que a mi padre, y a mi has hecho.

A parte.

Rey.   Mysterios del cielo son;
no quiero oponerme al cielo.

Chich.   El Texedor al Marques
le està dando pan de perro.

Marq.   Muerto soy; tente, Fernando,
y pues ya muero, confiesso
que a ti y a tu noble padre
la vida y el honor os deuo;
testimonio os leuantè,
de la embidia vil efeto.

Rey.   Basta, Fernando; deten,
pues lo confiessa, el azero.

Ped.   Tu Magestad lo ha escuchado,
con esto estoy satisfecho,
y con que su hijo el Conde
ha confessado lo mesmo.

Chich.   Dello soy testigo yo,
que debaxo de su lecho,
lo que refiere Fernando,
le vi confessar muriendo.

Ped.   Yo, señor, le di la muerte,
por agrauios que me ha hecho,
que su injusta tyrania
me obligò a ser bandolero;
por el y su padre el mio
manchò el trato funesto,
y yo con astuto engaño
librè mi vida, poniendo
mis vestidos a vn cadauer,
con que mi muerte creyeron.
Quitò el honor a mi hermana,
y a mi esposa pretendiendo,
porque lo impedi, en mi rostro
imprimiò los cinco dedos.
Humilde pongo a tus pies
la cabeça, si merezco
pena, quando, siendo noble,
tan justamente me vengo.

Rey.   Fernando, a vuestro valor

y al de vuestra gente deuo
la vitoria que oy alcanço;
y quando fueron los vuestros
delitos, y no venganças
tan justas, os diera, en premio
de hazaña tan valerosa,
en mi gracia el lugar mesmo
que os quitò la embidia; lleguen
vuestros soldados, que quiero
conocerlos y premiarlos.

Llegan todos.
Gar.   Todos, gran señor, ponemos
a vuestros pies estas vidas,
que leales os siruieron.
Rey.   Todos quedareys premiados
de vuestros heroycos hechos;
mas dezid, Fernando, viue
vuestra hermana?
Ped.   En esse pueblo
traje aldeano la oculta;
pero ya con el contento
de la vitoria se acercan
los villanos, y con ellos
mi hermana y mi esposa a daros
la norabuena.

Todas.
Ana.   Lleguemos
a besar los pies al Rey.
Ped.   Llega, esposa, que ya el cielo
dio fin a nuestras desdichas,
y a tus firmezas el premio;
llega, hermana, y a su Alteza,
por la merced que me ha hecho,
besa las reales plantas.
Teod.   Humildes besan el suelo,
que honran tus pies, nuestros labios.
Rey.   Alçad, que honraros desseo
por esposa y por hermana
de Fernando.
Ped.   Y yo con esso,

lo que ofreci Texedor,
cumplirè, Teodora, siendo
Fernan Ramirez, pues eres
de noble sangre, y les deuo
la mano el honor y vida
a tus firmes pensamientos;
y vos, Garceran, pues ya
veys sin mancha el claro espejo
de mi honor: y el de mi hermana
quedo restaurado, siendo
su esposo el Conde; la mano
le dad, si acaso os merezco
por cuñado.

Gar.   Si doña Ana
quiere premiar mis desseos,
serà colmada mi dicha,
pues gano en vn punto mesmo
el mas verdadero amigo,
y el mas valeroso deudo.

Ana.   Bien merece tanto amor
la mano y alma

Chich.   Y con esto
puede Fernando, en albricias,
darme perdon de mis yerros.

Ped.   Yo los perdono, con ser
tan grandes, por ver si puedo
obligar assi al Senado
a que perdone los nuestros.